KB113924

정지환 지음＿＿＿＿＿＿＿매일이 행복해지는 30초 감사＿＿＿＿＿

감사 365

북카라반
CARAVAN

절망의 벼랑 끝에서 만난 '감사'

지금 다이아몬드를 찾고 있습니까? 미국 템플대학교 설립자 러셀 콘웰은 자신의 저서 『다이아몬드 땅Acres of Diamonds』에서 이런 말을 남겼습니다.

"다이아몬드는 멀리 떨어진 산이나 바다 밑에 있는 게 아니라 당신 집 뒷마당에 묻혀 있다. 단, 당신이 다이아몬드를 찾으려 노력한다면 말이다."

행복은 먼 곳에 있는 것이 아니라 내 주위에, 그리고 나 자신에 달려 있다는 이 교훈을 '감사 쓰고 말하고 나누기'를 습관으로 만들면서 깨달았습니다. 하지만 감사 습관이 뿌리내리기까지 곡절이 아주 많았지요.

저는 젊은 시절 시사지 기자로 일하면서 논쟁적인 기사를 많이 썼습니다. 그때 붙었던 별명이 '싸움꾼 기

자'였지요. 나름 치열한 삶을 살았지만 정작 내면의 풍
요와 가족의 행복은 돌보지 못했습니다. 아들은 당시
저를 "잠만 자고 가는 하숙생"이라 했고, 아내는 "가정
에 무심한 남편에게 복수하고 싶다"라고 말할 정도였
습니다.

이후 국회·입법 전문지 『여의도통신』을 창간했지만
너무 앞서나간 선택이었는지 재정난으로 문을 닫고
말았습니다. 10여 년 동안 열정을 불태웠던 『여의도통
신』의 폐간이 안긴 정신적 충격은 컸습니다. 설상가상
으로 이런 상황에서 가족들마저 냉랭하게 대했습니
다. 어찌 보면 인과응보라 할 수 있었지요.

그런 절망의 벼랑 끝에서 만난 것이 바로 '감사'였습
니다. 다시 말해 감사하는 마음의 자세와 그것을 일상
의 습관으로 만드는 일이 얼마나 중요한지 알게 된 것
입니다.

당장 감사 습관을 만들기 위한 몇 가지 훈련을 시도했
습니다. 하지만 세상을 비판적 시각으로 바라보는 시
사지 기자로 20년 가까이 살아오다 보니 긍정과 감사

를 표현하는 것이 쉽지만은 않았습니다.

그래서 '이것마저 못 하면 아예 그만 두자'는 심정으로 마지막 도전에 나섰습니다. 작은 노트를 마련하고 100일 동안 무조건 하루 100번씩 "감사합니다"라고 쓰기 시작했습니다. 처음 한 달 동안은 '감사' 두 글자만 대충 쓰는 등 요령을 피웠지만 나중에는 "감사합니다"라고 다섯 글자를 또박또박 온전하게 썼습니다.

며칠 후부터는 그 밑에다 '그날의 감사한 일' 세 가지도 적기 시작했습니다. 세 가지가 나중에는 다섯 가지로 자연스럽게 늘어났습니다. 이 훈련은 작은 노트 세 권을 채우고서야 100일 만에 끝났습니다.

그런데 저는 이 100일 동안 중요한 변화를 체험했습니다. 그저 노트에 두 글자, 다섯 글자, 세 가지 감사, 다섯 가지 감사를 적었을 뿐인데, 저의 제2의 인생과 관련된 중요한 사건들이 모두 이 기간에 일어난 것입니다.

23일째, 어머니에게 문자메시지로 문안인사를 드리기

시작했습니다.

30일째, 아픈 조카와 가족을 위해 눈물로 기도했습니다.

51일째, 중학교 3학년 아들에게 「잠언」을 읽어주기 시작했습니다.

64일째, 평생 금연을 선포했습니다.

그리고 마침내 84일째 되던 날, 저만 보면 복수하고 싶다던 아내가 즐거운 마음으로 야채샐러드를 만들어주었습니다. 98일째 되던 날에는 저를 하숙생이라며 피하기만 하던 아들에게서 "행복해요"라는 고백을 들을 수 있었습니다.

그 후 감사일기 쓰기를 일상적 습관으로 만드는 일에 성공하면서 저의 삶은 완전히 '뒤집어'졌습니다. 과거에는 비판과 반항으로만 점철된 삶을 살았다면 이제는 긍정적인 사고를 바탕으로 이 세상의 모든 것에 항상 감사하려 노력하는 삶을 살게 된 것입니다. 저의 심경 변화는 주변 사람들이 저를 대하는 태도마저 변하게 했지요. 다음은 저의 마흔아홉 번째 생일을 맞아 아들이 써준 편지의 한 구절입니다.

"엄격하고 무뚝뚝한 다른 아버지들과는 차원이 다른 베스트 우리 아버지! 아버지의 멋진 면모를 닮아가는, 나아가는 청년이 되도록 노력할게요. 아버지의 존재에 다시 한 번 감사합니다."

감사일기의 1석6조 효과

감사일기 쓰기를 습관으로 만든 것만으로 제 삶이 변하기 시작했는데, 어떻게 이런 일이 가능했을까요? 행복심리학 권위자로 미국 캘리포니아대학교 리버사이드캠퍼스 교수인 소냐 류보미르스키는 '행복해지기 위한 열두 가지 노력'을 제시했습니다. 그 목록을 열거하면 다음과 같지요.

1. 목표에 헌신하기 □
2. 몰입 체험 늘리기 □
3. 삶의 기쁨 음미하기 □

4. 감사 표현 　□

5. 낙관주의 　□

6. 사회적 비교 피하기 　□

7. 친절의 실천 　□

8. 돈독한 인간관계 　□

9. 스트레스 대응전략 개발 　□

10. 타인 용서하기 　□

11. 종교 생활 　□

12. 명상 　□

제가 직접 체험해본 결과 감사일기 쓰기 습관화에 성공하면 이 중에서 자동적으로 6개는 수행하게 됩니다. 먼저 감사일기 쓰기는 곧 '감사 표현'입니다. 지속적 감사는 낙관적인 마음가짐, 즉 '낙관주의'를 갖게 하고 '삶의 기쁨 음미하기'를 가능하게 해줍니다. 자기 자신도 모르게 행동으로 옮기는 '친절의 실천'을 통하여 주변에서 "저 사람 바뀌었다"는 긍정적 입소문이 번지기 시작합니다. 가끔 감사 내용을 쓰다 '타인 용서하기'를 하게 되는데, 이렇게 하면 벌써 5개나 됩니다. 또한 나 자신이 변하면서 자연스럽게 다른 사람들과 '돈독한 인간관계'를 맺게 됩니다.

1. 목표에 헌신하기 ☐

2. 몰입 체험 늘리기 ☐

3. 삶의 기쁨 음미하기 ☐

4. 감사 표현 ☑

5. 낙관주의 ☑

6. 사회적 비교 피하기 ☑

7. 친절의 실천 ☐

8. 돈독한 인간관계 ☑

9. 스트레스 대응전략 개발 ☑

10. 타인 용서하기 ☐

11. 종교 생활 ☑

12. 명상 ☐

이렇듯 저는 1석6조一石六鳥의 효과를 가져다준 감사일

기 쓰기를 통하여 세상에서 가장 행복한 사람이 될 수 있었습니다. 나아가 목표에 헌신하기, 사회적 비교 피하기, 스트레스 대응전략 개발 등은 주말 아침 카페에 가서 신문 서평 기사 읽기, 동네에서 작은 독서모임 만들어 참여하고 어울리기, 조조할인으로 좋은 영화 골라 보기 등으로 충족해나갈 수 있었습니다.

아빠의 감사, 아들의 얼굴

캘리포니아대학교 버클리캠퍼스의 켈트너와 하커 교수는 밀스여대의 1960년도 졸업생 141명을 대상으로 독특한 연구를 했습니다. 졸업앨범에서 환한 미소를 지은 사람을 가려낸 다음 30년 동안 이들의 결혼이나 생활 만족도를 추적 조사한 것입니다. 그런데 놀랍게도 졸업사진에서 환한 미소를 지은 학생들이 그렇지 않은 학생들보다 더 건강하고, 더 성공하고, 더 행복한 인생을 살았습니다.

이 연구 결과를 보고 저는 대학 1학년을 마치고 군 입대를 위해 휴학을 신청한 아들의 졸업앨범을 찾아보았습니다. 제가 '하숙생 아빠'였던 시절 아들은 중학교 졸업앨범에서 '우수에 젖은 얼굴'로 우두커니 서 있었지만, 아버지가 감사 생활을 시작하고 3년이 흐른 뒤에 찍은 고등학교 졸업앨범에서는 '환한 미소'를 짓고 있었습니다. 대조적인 두 사진을 목격한 순간, 감격 또 감격하지 않을 수 없었습니다. 매일 밤 스탠드 불빛 아래서 감사일기 쓰는 아버지의 뒷모습을 보여주었을 뿐인데 엄청난 선물을 받은 셈입니다.

그런데 생각해보니 아들의 중학교 3학년 겨울방학 무렵 시작한 일이 또 하나 있었습니다. 매일 아침 일어나면 가장 먼저 아들의 머리맡에서 「잠언」을 읽어주었지요. 1일에는 1장을, 15일에는 15장을 읽어주는 방식이었는데, 이 아침의식은 아들이 군에 입대할 때까지 5년 동안 계속되었습니다.

그렇게 3년이 지났을 무렵부터 그날 읽은 「잠언」에서 '가슴에 꽂히는' 한 구절을 뽑아 명상록을 적기 시작했습니다. 처음에는 소박하게 직장 동료와 이 명상록을 나누었고, 그것이 현재는 셀 수 없을 정도로 많은 사람과 CEO의 출근길을 응원하는 '30초 감사'로 이어졌습니다.

그리고 '30초 감사'는 어느 순간부터 제 개인적 사유물이 아닌 사회적 공유물이 되고 말았습니다. 특히 많은 기업의 CEO가 다양한 방식으로 가정과 일터에서 '30초 감사'를 활용하고 있습니다. 사춘기 자녀 교육에 활용하시는 분, 장성한 아들과 딸은 물론이고 며느리와 사위에게도 배달하시는 분, 회사 블로그에 올려서 직원·고객과 공유하시는 분, 예쁜 책으로 출판해 세상 사람들에게 선물하고 싶다는 분, 출근 직후 직원들과 함께 그날 배달된 30초 감사를 읽고 각자 느낀 점을 나누며 하루를 시작하는 분까지 참으로 다양하더군요.

감사하는 마음으로 세상 사람들과 지식과 정보를 나누면 나눌수록 제 것은 줄어드는 것이 아니라 도리어 상상을 초월할 정도로 늘어난다는 '감사의 기적'을 저는 요즘 다시 한 번 체감하고 있습니다. '30초 감사'가

2015년 7월 1일부터 제 아들을 비롯한 60만 장병의 필독지인 『국방일보』에 실리기 시작한 겁니다. 연재 첫날 저는 지면에 이렇게 썼지요.

"'30초 감사'는 입대한 아들에게 보내는 한 아버지의 응원가이자 명상록입니다. 찰스 두히그는 『습관의 힘』에서 '매일 아침 이부자리를 정돈하면 다른 좋은 습관이 저절로 따라온다'고 했지요. 오늘부터 '30초 감사' 읽는 시간을 성공과 행복을 부르는 작전타임으로 삼아보세요."

그렇게 『국방일보』에 연재된 '30초 감사'가 어느덧 365개를 넘겼고, 그사이에 아들은 건강한 몸으로 제대했지요. 억지로 감사일기를 쓰다가 지금은 이 세상에 감사를 전파하는 '감사 스토리텔러'로 변신한 저는 분명히 깨달았습니다. 아빠의 감사가 아들의 얼굴을 바꾸고, 행복한 부부가 행복한 자녀, 행복한 가정, 행복한 일터, 행복한 세상을 만들 수 있다는 사실을 말이지요. '하숙생 아빠'를 '베스트 아빠'로 바꾸고, '복수하고 싶은 남편'을 '사랑하고 싶은 남편'으로 바꾼 감사일기의 힘! 이 책을 손에 잡은 당신도 오늘부터 날마다 감사일기를 써보는 것은 어떨까요?

2017년 겨울 저녁 어느 날

정지환

나에게 30초 감사란?

구수한 밥 냄새 아침마다 '30초 감사'를 읽으며 감사의 밥을 먹는데, 밥맛도 나게 하고 살맛도 나게 하니까. ·최일도 (목사, 다일공동체 대표)

충전기 매일 아침 '30초 감사'를 읽으며 감사와 긍정 에너지를 충전하고 하루를 시작할 수 있기 때문. ·김진일 (포스코 철강생산본부장, 대표이사 사장)

용기 '절절포(절대 절대 포기하지 말자) 정신'으로 하루를 시작하게 만드는 강력한 힘이 되니까. ·서정열 (육군 소장, 육군3사관학교장)

열쇠 긍정의 하루를 철컥 열어주어 범사에 감사하는 하루를 살아갈 수 있게 해주니까. ·임동진 (배우, 목사)

마음의 맷집 지치고 힘들고 넘어지고 좌절할 때마다 나를 다시 일으켜주는 힘이니까. ·신영철 (정신건강의학과 교수, 강북삼성병원 기업정신건강연구소 소장)

시작과 끝 아침의 시작도 감사로 하고, 저녁의 마무리도 감사로 하니까. ·이윤환 (인덕의료재단 이사장)

내 안경 아침에 일어나서 세수하고, 화장하고, 출근 준비를 모두 마치고 '내 안경'을 썼을 때 흐리고 답답하던 세상이 밝고 환하게 빛나지요. 그렇듯이 출근길에 '30초 감사'를 읽으면 세상을 다시 밝고 따뜻한 마음으로 바라볼 수 있어요.

· 유영숙 (KIST 분자인식연구센터 책임연구원, 전 환경부 장관)

존재방식 타인을 존중하고 배려하며 협력하게 해주므로. 감사는 우리가 지향해야 할 방향으로 제대로 가게 해주지요. · 김연희 (서울아산병원 간호부원장)

배터리 하루를 감사로 열고 감사 생활을 할 수 있는 활력을 불어넣어 주니까. · 이점영 (중앙대학교 사범대학 부속초등학교 교장)

비상금 힘들고 지칠 때마다 꺼내 쓸 수 있으니까. · 임희창 (여주 대신중 · 고등학교 교장)

나만의 작은 정원 매일 내 마음속에서 꾸며나갈 수 있으니까. · 김정훈 (한국자살예방교육협회 대표)

엔도르핀 감사는 착한 마음, 긍정의 마음, 기분 좋은 마음을 가질 때 나오는 것이므로. · 이금옥 (농촌진흥청 농촌자원과장)

마음 정화기 아무리 힘들고 화가 나도 '30초 감사'를 읽고 나면 나도 모르게 '순리대로 해야지' 하는 생각이 들게 하므로. · 정동선 (중랑동부시장 육성사업단 단장)

청소 하루도 거르지 않고 작은 감사도 놓치지 않으면 몸도 마음도 맑아지므로. · 박찬희 (사단법인 희망래일 이사, 전 한국수력원자력 홍보실장)

"아첨해 보아라.
그러면 당신을 믿지 않게 될 것이다.

비난해 보아라.
그러면 당신을 좋아하지 않게 될 것이다.

무시해 보아라.
그러면 당신을 용서하지 않게 될 것이다.

격려해 보아라.
그러면 당신을 잊지 않게 될 것이다."

*윌리엄 아서 워드

나의 카를스바트

"노력하는 한, 인간은 방황하기 마련이다."

● 괴테, 『파우스트』

"새벽 3시에 나는 카를스바트를 몰래 빠져나왔다."
괴테의 『이탈리아 여행』 첫 구절입니다. 『젊은 베르테르의 슬픔』으로 명성을 얻은 괴테는 독일 연방의 소국 바이마르 공국에 초빙되어 재상의 권좌에까지 올랐습니다. 하지만 어느 날 갑자기 모든 것을 버리고 이탈리아로 여행을 떠나버립니다. 『괴테와 함께한 이탈리아 여행』의 저자 손관승은 "무모하게 보였던 이 도전이 없었다면 괴테는 우리가 지금 아는 괴테와 분명 달랐을 것"이라고 평가했지요. 우리도 '나의 카를스바트'를 빠져나와 낯선 곳으로 여행을 떠나는 마음으로 하루를 시작하면 어떨까요?

재플슈츠

호주 멜버른의 샌드위치 가게 '재플슈츠Jafflechutes'에는 의자와 탁자가 없습니다. 심지어 위치도 건물 7층입니다. 샌드위치 하나 먹으려고 누가 7층까지 올까 싶지만 인기가 대단하답니다. 비밀은 가게 이름에 있었지요. '재플'은 호주에서 샌드위치를 뜻합니다. 낙하산 샌드위치jaffle+parachute? 그렇습니다. 이 가게 점원들은 샌드위치를 낙하산에 달아서 내려보냅니다. 손님들은 온라인에서 미리 주문하고 받을 시간만 정하면 되지요. 하늘에서 내려오는 샌드위치를 받아먹는 짜릿한 경험을 하려고 사람들이 구름처럼 몰려오기 시작했지요.

단점과 역경의 '불황'을 장점과 행복의 '호황'으로 바꾸고 싶다면 감사와 긍정을 '저축'하며 역발상과 도전에 '투자'하세요.

여론조사기관 갤럽이 세계인의 행복도를 조사하며 꼭 던지는 다섯 가지 질문이 있습니다. 여러분도 한 번 소리 내서 읽고 답해 보세요.

① 당신은 사람들에게 존중받고 있습니까?

② 당신은 신뢰하는 가족이나 친구가 있습니까?

③ 당신은 새로운 것을 배우고 있습니까?

④ 당신은 잘하는 일을 최선을 다해서 하고 있습니까?

⑤ 당신은 당신의 시간을 자유롭게 쓸 수 있습니까?

서울대학교 행복연구센터장 최인철 교수는 '질문을 가지고 있는 것'이 '해답을 가지고 있는 것'보다 중요하다고 역설했지요. 존중, 신뢰, 성장, 성취, 자유의 가치를 묻는 이 다섯 가지 질문을 주기적으로 자신에게 던지며 행복성적표를 매기는 것은 어떨까요?

삶의 무게

아프리카의 한 부족 마을 앞에는 물살이 매우 빠르고 바닥이 미끄러운 넓은 강이 있었습니다. 마을 사람들은 세찬 물결을 이겨내고 강을 안전하게 건너기 위해 큰 돌을 등에 짊어집니다. 각자 짊어진 돌이 무거울수록 생존 확률은 높아집니다.

우리가 짊어진 삶의 무게는 결코 고통스런 '짐'이 아니라 우리를 살아가게 하는 '힘'입니다. 새는 무거운 날개 덕분에 날 수 있고, 배도 무거운 돛이 있어서 항해할 수 있습니다. 우리가 짊어져야 하는 삶의 무게를 인생 경영의 날개와 돛으로 삼으면 어떨까요?

남은 왼손

1952년 미국인 최초로 퀸 엘리자베스 콩쿠르를 석권한 레온 플라이셔에게 불행이 찾아왔습니다. 피아니스트에게 생명 그 자체라고 할 수 있는 오른손이 마비된 겁니다. 자살까지 시도했던 그는 문득 남은 왼손에서 희망의 단서를 발견했지요. 그리고 부단한 연습을 통해 '왼손의 달인'이 되었습니다. 플라이셔는 이번에는 마비된 오른손에 주목했지요. 그리고 재활운동 40년 만에 마비되었던 오른손마저 회복되는 기적을 맛보았습니다. 이를 기념해 만든 음반의 제목이 바로 〈two hands〉이지요. '없는 것'에 화내지 않고 '있는 것'에 감사할 때 '사막' 같은 인생에도 '서막'이 열립니다.

"북극을 가리키는 지남철은 무엇이 두려운지 항상 바늘 끝을 떨고 있다. 여윈 바늘 끝이 떨고 있는 한 바늘이 가리키는 방향을 믿어도 좋다. 만약 그 바늘 끝이 전율을 멈추고 어느 한쪽에 고정될 때 우리는 그것을 버려야 한다. 이미 지남철이 아니기 때문이다."

신영복 교수의 붓글씨 작품에서 본 인상적인 문구인데, 실은 한국학 대가인 고故 민영규 교수의 저서 『예루살렘 입성기』에 나오는 내용이라고 합니다. 기우뚱거리면서도 앞으로 달리는 자전거는 넘어지지 않지요. 팽팽한 긴장, 불안한 균형으로 세상과 교감하되 주관을 잃지 않는 사람이 되어야겠습니다. 내 감사의 바늘 끝이 항상 '떨림' 상태로 있기를 소망합니다.

세상 모든 것에는 존재 이유가 있습니다. 어둠만 해도 그렇습니다. 찬란하게 빛나는 별을 보고 싶다면 '가장 어두운 때'를 기다려야 합니다. 실제로 달이 지구의 그림자에 완전히 가려 태양 빛을 받지 못하는 개기월식 皆旣月蝕이 일어나면, 구석구석에 숨어 있던 작은 별까지 그 모습을 드러내지요. 감사는 별을 닮았습니다. 절망의 어둠이 짙을수록 희망의 빛을 더욱 밝게 만듭니다. 계속 변할 수밖에 없는 운명의 우리에게 변하지 않고 발광하는 감사의 별은 희망의 등대입니다.

터널

어려운 일이 생기면 그것을 어떻게 바라봐야 할까요?
동굴입니까, 터널입니까? 동굴보다 터널로 보는 사람
에게 희망이 있습니다. 동굴은 입구만 있고 출구가 없
습니다. 터널은 입구도 있고 출구도 있습니다. 터널을
지날 때의 어둠을 참으면 반드시 찬란한 광명과 만날
수 있습니다. 고난과 위험의 칼날이 당신을 노리고 있
습니까? 비방과 모함의 흙더미가 쏟아지고 있습니까?
그렇다고 절망의 바닥에 주저앉아 불평만 늘어놓지는
마십시오. 희로애락喜怒哀樂의 범사에 감사할 때 절망은
희망으로, 불평은 기쁨으로 바뀔 것입니다. 어려움이
있습니까? 그렇다면 이렇게 외치세요.

"나는 지금 터널을 지나고 있을 뿐이라고!"

조선 수군이 칠천량에서 완패하자 선조는 자신이 파직했던 이순신에게 복귀 명령을 내립니다. 하지만 남은 전선은 12척뿐! 수군을 포기하고 육군에 합류하라는 지시가 내려오자 이순신은 장계를 올렸지요.

"신에게는 아직 전선 12척이 있습니다尚有十二. 죽기를 각오하고 막으면 오히려 지켜낼 수 있습니다則猶可爲. 비록 전선은 적지만戰船雖寡 신이 죽지 않는 한 적이 감히 무시하지는 못할 것입니다."

이순신 연구가 박종평이 쓴 『진심진력』의 한 대목입니다. 절망 속에서도 '아직尚', '오히려猶', '비록雖' 등 긍정적인 언어를 썼던 이순신처럼 희망을 말하는 사람이 많으면 좋겠습니다.

"나의 사명이 무엇인지 말해야 한다면 절대적인 것에 도달하는 것. 내가 성취할 수 있는 것의 수준을 향상시키고 또 향상시키는 것. 지구를 떠받치고 있는 아틀라스처럼."

영화감독 안드레이 타르코프스키가 쓴 일기모음 『타르코프스키의 순교일기』에 나오는 구절입니다. 타르코프스키는 거인 아틀라스가 그토록 오래 지구를 떠받치고 있었다는 사실보다, 그가 환멸에 빠지지 않고 지구를 던져버리지 않았다는 사실에 더 주목했지요. 반복되는 일상에서도 의미를 추구하는 사람에게 정말 중요한 것은 '체격과 체력'이 아니라 '체온과 체취'인지도 모르겠습니다. 우리는 모두 저마다의 무게를 견디며 이 세상을 떠받치고 있는 아름다운 존재입니다. 아틀라스처럼.

사람이 70년을 산다면 무엇을 하면서 시간을 보낼까
요? 한 연구 결과에 따르면 일하는 시간 26년, 잠자는
시간 23년, TV 보는 시간 4년, 화내는 시간 2년이랍니
다. 그렇다면 웃는 시간은? 놀라지 마십시오. 1년은커
녕 88일에 불과했습니다. 과거에 우리는 이런 넋두리
를 많이 했습니다.

"한국은 산이 너무 많아 가난하다."

하지만 『한국전쟁의 기원』을 저술한 브루스 커밍스 시
카고대학교 교수는 이렇게 말했지요.

"한국에는 험준한 산이 많아 지형의 굴곡이 심한데,
그것을 망치로 두드려서 펼치면 중국 대륙의 넓이만
큼 될 것이다."

분노로 굴곡진 인생 산맥을 감사와 웃음의 망치로 두
드려 행복 지경을 넓혀야 하지 않을까요?

해병대 제2사단 포1대대 장병들과 함께 감사의 정의 내리기 게임을 한 적이 있습니다.

- **경례** 경례와 감사는 매일 해야 하니까(병장 김회성)
- **방패** 관계는 견고하게 지켜주고 갈등은 사전에 차단해주니까(상병 장태민)
- **철모** 막상 쓸 때는 귀찮지만 쓰고 나면 위험으로부터 보호해주니까(일병 이우승)
- **수류탄** 스트레스를 한방에 날려버리니까(일병 최태섭)
- **패스** 서로 주고받다 보면 슛할 찬스도 얻고 골도 넣을 수 있으니까(일병 박경윤)

정의正義와 정의情意는 올바른 정의定義에서 출발합니다. 의미와 재미를 두루 갖춘, 참신하고 기발한, 자신의 전문성과 현장성을 반영한 정의定義로 감사철학을 정립해 보세요.

감사의 발견

"현대인이 허무와 우울을 겪고 있는 이유는 우리의 구체적 삶에서 발견하는 경탄과 기쁨을 상실한 데 있다."

휴버트 드레이퍼스와 숀 켈리의 공저인 『모든 것은 빛난다』에 등장하는 묵직한 메시지입니다. 허무와 우울에 빠진 다수의 현대인은 냉소적인 목소리로 말하곤 합니다.

"반짝인다고 모두 금은 아니야."

하지만 고대인이 축적한 삶의 지혜에서 현대인이 나아갈 지침을 찾으려는 저자들은 말합니다.

"모든 것은 언젠가 한번은 눈부신 빛을 발할 때가 있으니 그 순간을 놓치지 말자."

하늘의 별이 그렇듯 빛은 원래 거기 있지만 우리가 미처 발견하지 못했을 뿐입니다. 감사도 '발명'하는 것이 아니라 '발견'하는 것은 아닐까요?

그 림 자

열심히 노력하면 자신의 모든 단점을 없애거나 결핍을 충족할 수 있다고 확신하는 사람들이 있습니다. 프랑스 사회학자 장 보드리야르는 성형수술, 자기계발 등으로 상징되는 긍정성의 문화에 과도하게 빠진 현대인을 '그림자 없는 인간'이라고 표현했지요. 하지만 '밤 없는 낮'이 없는 것처럼 '그림자 없는 인간'은 더 이상 인간일 수 없습니다. 그림자는 내가 누구이고 또 어디로 가는지 알려주는 '또 다른 나'입니다. 성철 스님은 "몸을 바르게 세우면 그림자도 바르게 서고, 몸을 구부리면 그림자도 따라 구부러진다"고 했지요. 그림자와 공존하는 인생의 지혜를 깨닫는 하루가 되기를 소망합니다.

나태주 시인의 「풀꽃」은 다양한 변주가 있다는 사실을
아시나요?

"이름을 알고 나면 이웃이 되고/색깔을 알고 나면 친
구가 되고/모양까지 알고 나면 연인이 된다/아, 이것
은 비밀."(「풀꽃2」)

상대를 제대로 이해하면 친구와 연인 같은 존재가 될
수 있다는 말입니다.

"기죽지 말고 살아 봐/꽃피워 봐/참 좋아."(「풀꽃3」)

누군가의 예쁜 꽃이 되기 전에 내가 먼저 스스로 한 송
이 꽃으로 피어나야 한다는 뜻입니다. 나태주 시인은
"삶의 과정에 생기는 온갖 상처를 꽃으로 승화시킨 것
이 시詩"라고 고백했지요. 사랑의 풀꽃을 활짝 피우는
인생을 살고 싶습니다.

개인의 정서적 문제는 단순히 한 사람만의 문제일까
요? 마크 월린은 『트라우마는 어떻게 유전되는가』에
서 그렇지 않다고 주장했지요.

사람이 가득 들어찬 비행기나 엘리베이터만 타면 불
안감에 시달리는 여성이 있었습니다. 그런데 치료를
위해 가족의 이력을 캐던 중 그녀의 조부모와 고모가
아우슈비츠에서 질식사했다는 사실을 알게 되었지요.

사실 우리가 부모에게 받은 DNA 중 피부, 눈동자 등
외형과 관련된 것은 2퍼센트밖에 안 되고, 98퍼센트
는 감정, 행동, 성격과 연관되어 있다고 합니다. 그러
니까 엄마가 임신 중에 뭘 경험했는지 아이의 유전자
는 샅샅이 알고 있다는 말이지요. 감사 생활로 행복을
유전하는 부모들이 많아지면 좋겠습니다.

수도선부水到船浮. '물이 차면 배가 떠오른다'는 고사성어입니다. 항상 내공을 쌓는데 주력하고 때를 기다리면 큰일을 이룰 수 있다는 의미를 담고 있지요. 사람이 범하는 실수 중 하나가 평소 실력을 쌓지 않고 결과만 빨리 보려고 서두르다 그만 일을 그르치는 것입니다.

『성경』에는 '때'를 가리키는 단어가 둘 있는데, 카이로스KAIROS와 크로노스KRONOS입니다. 카이로스는 '하늘의 때', 크로노스는 '땅의 때'를 가리키지요. 강태공은 강물에 빈 낚싯대를 드리운 채로, 모세는 여든이 되도록 후미진 광야에서 떠돌면서 '천지天地의 때'를 기다렸습니다. '감사로 행복한 세상 만들기'를 꿈꾸며 오늘도 '감사 내공'을 쌓으면 어떨까요?

뒤센 미소

캘리포니아대학교 버클리캠퍼스의 켈트너와 하커 교
수는 밀스여대의 1960년도 졸업생 141명을 대상으로
독특한 연구를 했습니다. 졸업앨범에서 '뒤센 미소'를
지은 사람을 가려낸 다음 이들이 27세, 43세, 52세가
되었을 때의 결혼이나 생활 만족도를 조사한 겁니다.
웃음을 지을 때 양쪽 입꼬리가 위로 올라가고 눈초리
에 주름살이 생기는 '뒤센 미소'는 마음에서 우러나온
진짜 웃음을 가리킵니다. 그런데 놀랍게도 졸업사진
에서 뒤센 미소를 지은 여학생들은 대개 행복한 결혼
생활을 하고 건강도 좋았지요. 영어 단어 'health(건
강)'와 'happy(행복)'는 고대 그리스어 'hele(웃음)'에
서 비롯한답니다. 환한 미소로 하루를 시작하세요.

똑같은 조건에서 생활한 수녀 180명을 대상으로 독특한 실험이 진행되었습니다. 목적은 '긍정적 정서와 수명의 관계'를 알아보는 것이었지요. 연구자들은 수녀들이 종신서원을 하면서 작성한 자기소개서를 확보했습니다. 그리고 자기소개서에 드러난 긍정적 감정을 수량화해 활기찬 수녀 집단(A)과 무미건조한 수녀 집단(B)으로 분류한 다음, 이들이 몇 살까지 살았는지 조사했지요. 결과는 아주 흥미로웠습니다. 집단 A의 90퍼센트가 85세까지 산 반면, 집단 B에서 85세까지 산 사람은 34퍼센트였습니다. 나아가 집단 A의 54퍼센트가 94세까지 살았지만 집단 B에서 94세까지 산 사람은 11퍼센트에 불과했습니다. '장수'하려면 무미건조한 삶의 방식부터 '수장'할 일입니다.

"나는 성격이 제멋대로여서 사람들과 잘 어울리지 못했다. 할 수 없이 옛 사람들 중에서 사귈 만한 세 명을 가려내 벗으로 삼았다. 거기에 내가 끼니 합하여 넷이 되었다."

풍운아 허균이 택호를 '사우재四友齋'라고 붙인 연유입니다. 허균은 평소 흠모하던 옛 선비 도연명, 이태백, 소동파를 친구로 삼았지요. 그런가 하면 윤선도는 유배지에서 수水, 석石, 송松, 죽竹, 월月을 친구로 삼고 「오우가五友歌」를 지었지요.

한편, 화가 고흐에게 친구가 물었습니다.

"돈이 없어서 모델 구하기가 힘들다면서?"

"한 명 구했어."

"누구?"

"나. 그래서 요즘 자화상만 그려."

그러니까 감사도 '일회용 건전지'가 아니라 '자가 발전소'가 되어야겠지요?

가 감 승 제

세 가지 산수에 대한 해석이 화제가 된 적이 있지요.

5-3=2   어떤 오(5)해도 타인의 입장에서 세(3)번만 더
생각하면 이(2)해가 된다.

2+2=4   이(2)해하고 또 이(2)해하는 것이 사(4)랑이다.

4+4=8   사(4)랑하고 또 사(4)랑하면 팔(8)자도 바뀐다.

가감(+ −)이 있다면 승제(× ÷)도 있어야 하지 않을까
요? 그래서 세 번째 산수 풀이를 이렇게 변형해 보았
습니다.

2×4=8   이(2)해하고 사(4)랑하면 팔(8)자가 바뀐다.

8÷2=4   아무리 팔(8)자가 드세도 원망하지 않고 이
(2)해하며 살다보면 사(4)랑의 진리를 깨달을
수 있다.

지혜는 더하고, 편견은 빼고, 상상은 곱하고, 감사는
나누며 이 세상 살아보면 어떨까요?

세계적인 명지휘자 토스카니니는 원래 첼로 연주자였습니다. 시력이 나빴던 그는 연주 때마다 어려움을 겪자 아예 자신의 연주 악보를 외워버렸습니다. 나중에는 단원들과 조화를 이루려고 다른 파트의 악보까지 모조리 암기했지요. 어느 날, 연주회를 앞두고 지휘자가 나타나지 않았습니다. 부득이 단원 중 한 명이 지휘를 할 수밖에 없었지요. 오케스트라 단원들은 이구동성으로 '악보를 모조리 외우는' 토스카니니를 지명했습니다. 훗날 토스카니니는 이렇게 고백했지요.

"나쁜 시력이 나를 지휘자로 만들었다."

많은 사람이 인생의 거친 '파도'를 두려워하지만 어떤 사람은 '파도타기'를 즐깁니다. 우리도 약점을 강점으로, 위기를 기회로 뒤집어볼까요?

긍정심리학의 창시자 마틴 셀리그먼과 에드 디너는 2002년에 행복한 사람들의 생활방식과 성격을 연구했습니다. 두 사람은 대학생 222명을 무작위로 선정해 여섯 가지 검사를 실시하고, 그들이 느끼는 행복을 측정했지요. 그런 다음 행복지수가 높은 상위 10퍼센트의 학생들을 뽑아내 집중 연구했습니다. 이들 상위 10퍼센트는 자신의 삶을 불행하게 느끼는 사람들과 현저하게 다른 특징을 가지고 있었는데, 바로 폭넓은 대인관계였습니다. 그들은 친구, 동료, 가족과 연대감이 매우 강했습니다. 나아가 사회활동에도 많이 참여했지요. '행복한 대인大人'이 되고 싶다면 일상에서 '감사의 대인對人'부터 실천하세요.

육군 제1포병여단 율곡포병대대 장병들과 함께 감사의 정의를 내리는 게임을 했습니다.

- 군번줄 감사도 군번줄처럼 항상 몸에 지니고 있어야 하므로(병장 윤사원)
- **전투화** 전투화가 내 발을 보호하듯이 감사는 부정적인 생각으로부터 내 마음을 보호하니까(이병 이재헌)
- 주특기 주특기도, 감사도 자주 해야 실력이 늘어요(일병 이강혁)
- **초탄** 초탄이 먼저 떠야 정확한 타격이 가능하듯 감사를 해야 행복의 열매도 얻을 수 있기에(상병 박범호)

영어 단어 'culture(문화)'는 경작을 뜻하는 라틴어 'colore'에서 유래했다고 합니다. 행복나눔125(1일 1선행, 1월 2독서, 1일 5감사)가 행복병영을 경작하는 조직문화로 정착하니 감사합니다.

추사 김정희는 1844년, 귀한 서적을 유배지 제주도까지 보내준 제자 이상적에 대한 감사의 마음을 담아 〈세한도歲寒圖〉를 그렸습니다. 지금은 국보 180호로 지정된 〈세한도〉의 원래 크기는 세로 23센티미터, 가로 61.2센티미터였지요. 그런데 이상적이 그림을 청나라로 가져가 문인들에게 보여주었고, 사제師弟의 정에 감동한 사람들이 앞다퉈 각자의 감상을 담은 댓글을 달았습니다. 훗날 독립운동가 이시영, 오세창, 정인보도 댓글을 달았지요. 그래서 〈세한도〉는 현재 길이가 14미터나 됩니다.

한편 상주문 말미에 임금이 적는 대답을 비답批答이라고 합니다. 서로를 격려하는 댓글과 비답으로 공감의 지경도 넓히고 소통의 해법도 찾아보면 어떨까요?

펜실베이니아대학교에서 긍정심리학을 가르치는 마
틴 셀리그먼은 실습수업으로 '감사의 밤'을 엽니다.
학생들은 소중한 존재이지만 단 한 번도 고마움을 전
하지 못했던 사람을 한 명씩 초대합니다. 그런데 여기
에는 조건이 하나 있지요. 행사 시작 직전까지 초대한
사람에게 모임의 목적을 비밀에 부쳐야 합니다. 마침
내 '감사의 밤'이 열리면 학생들은 자신이 초대한 사
람에게 고마운 마음을 담은 감사장을 전달하고, 모든
감사장의 내용을 가지고 토론합니다. 마틴 셀리그먼
은 "굳이 감사의 효과를 검증할 필요성을 느끼지 않을
정도로 '감사의 밤'이 주는 효과는 컸다"라고 말합니
다. 우리도 '감사의 밤'을 열어보면 어떨까요?

놓아, 노아

『구약 성경』에 나오는 노아는 120년 동안 방주를 만들었다고 합니다. 방주를 건조하는 동안 얼마나 많은 심적 갈등과 고뇌가 있었을까요? 가족들의 반대, 이웃들의 놀림, 경제적 어려움 등이 노아를 무척이나 괴롭혔을 겁니다. 하지만 불안, 절망, 두려움이 발목을 잡을 때마다 노아는 이렇게 외쳤지요.

"아, 놔! 놓으란 말이야. 놓아! 노아!"

그래서 생겨난 이름이 '노아'라고, 「최규상의 유머편지」는 능청스럽게 해석했지요. 2014년에 나온 영화 〈노아〉에서 정의와 심판, 사랑과 용서 사이에서 고뇌하는 노아의 모습이 그려졌지요. 불안, 절망, 두려움이 우리 발목을 잡을 때마다 이렇게 외쳐보세요.

"놓아! 노아!"

"엄마, 행복은 어디에 있나요?"

아기 사자가 물었습니다.

"행복은 네 꼬리 위에 있단다."

엄마의 말을 듣고 아기 사자는 자기 꼬리 위에 있는 행복을 잡기 위해 계속 뛰었습니다. 하지만 아무리 뱅뱅 돌아도 행복을 잡을 수 없었지요. 이 모습을 지켜보던 엄마 사자가 날카로운 목소리로 외쳤습니다.

"이 녀석아! 행복은 그렇게 얻는 게 아니야."

아기 사자가 돌기를 멈추고 한숨을 돌리자 그제야 엄마 사자가 미소를 지으며 말했지요.

"네가 머리를 들고 앞으로 걸어가면 행복이 너를 뒤쫓는다는 사실을 잊지 말거라."

설사 행복이 쫓아오지 않더라도 실망하거나 화내지 마세요. 우리는 그냥 어깨 펴고 당당히 앞으로 걸어가면 되니까요.

행복의 천국

한 농부가 부동산 중개업자에게 농장을 팔아달라고
부탁했습니다. 얼마 후 부동산 중개업자가 농장 판매
를 위해 작성한 선전 문구를 농부에게 보여주었지요.
"농장을 팝니다! 매우 조용하고 평화로운 곳. 굽이굽
이 이어진 언덕에 파란 잔디가 쫙 깔린 곳. 그림 같은
호수가 있고, 건강한 가축들이 풀을 뜯는 축복의 땅!"
농부는 이 문구를 보고 농장을 계속 경영하기로 마음
을 바꾸었지요.

우리가 지금 살고 있는 여기가 '행복의 천국'입니다.
다만 너무 자주 봐서 식상하게 여겼을 뿐이지요. 천국
으로 달려갈 자동차 열쇠를 너무 멀리서 찾지 마세요.
당신의 오른쪽 바지 주머니에 있으니까요.

나는 감사하리라

『멈추면, 비로소 보이는 것들』의 저자 혜민 스님이 한 말입니다.

"상대가 내게 화를 내고 비수를 꽂는 말을 하는 것은 상대의 자유지만, 그것에 내가 어떻게 반응하고 대응할 것인지는 내 자유다."

『무지개 원리』의 저자 차동엽 신부도 이런 말을 한 적이 있지요.

"그 무엇도 내 허락 없이는 나를 불행하게 만들 수 없다. 누군가 혹은 무엇이 그러거나 말거나 나는 행복할 것이다."

세상이 나를 속였다는 생각이 드시나요? 그렇다면 넬슨 만델라가 감옥에서 27년 동안 암송하며 의지한, 윌리엄 어니스트 헨리의 시 「인터빅스」의 한 구절처럼 살아보면 어떨까요?

"억누를 수 없는 내 영혼에 신들이 무슨 일을 벌일지라도 나는 감사하리라."

"'감사합니다'라고 크게 말해야지!"

천만관객을 돌파한 영화 〈베테랑〉에서 화물트럭을 운전하는 배 기사(정웅인 분)가 어린 아들에게 한 말입니다. 불의를 보면 참지 못하는 행동파 형사 서도철(황정민 분)이 아들에게 용돈 2만 원을 주자, 감사인사를 하라고 시키는 장면이었지요. 그런데 인간에 대한 예의를 모르는 재벌 3세 조태오(유아인 분)가 아들에게 값비싼 장난감을 선물하자, 배 기사는 감사인사를 하라고 시키지 않았습니다. 두 사람에게는 각각 '선의'와 '악의'가 있었고, 배 기사는 본능적으로 그것을 느꼈지요. 어쩌면 더 중요한 것은 '메시지'가 아니라 '메신저'인지도 모르겠군요. 진심을 전하는 감사 메신저가 많아지면 좋겠습니다.

감사는 미소

"말을 못하는 나는 '감사합니다'라고 말하는 것 대신
에 미소를 짓는다. 아침부터 몇 번씩 미소를 짓는다.
괴로울 때에도 슬플 때에도 진심으로 미소를 짓는다."
일본 시인 미즈노 겐조의 「감사함」 전문입니다. 나가
노 현의 농촌 마을에서 태어난 미즈노는 초등학교 4학
년 때 뇌성마비로 전신이 마비되어 언어능력을 상실
했지요. 이후 그가 감정을 표현하는 방법은 오로지 얼
굴에 웃음을 지어 보이고 눈을 깜박이는 것뿐이었습
니다.
"장미는 다른 이름으로 불려도 향기로울 것이다."
셰익스피어의 희곡 「로미오와 줄리엣」에 나오는 대사
입니다. 감사 역시 다른 이름으로 불러도 향기롭지요.
미소, 또 하나의 감사입니다.

셰익스피어의 「베니스의 상인」에서 샤일록은 왜 악인
이 되었을까요?

글쓰기로 법학과 문학의 융합을 추구해온 법학자 안
경환은 역지사지易地思之를 독해법으로 제시했지요. 도
무지 말이 통하지 않는 사람과 대화할 때도 입장을 바
꾸어 생각하면 모두 나름의 사연이 있다는 사실을 알
게 됩니다. 그런 점에서 보자면, 유대인 샤일록은 당시
유럽의 주류사회에서 철저히 소외된 사회적 약자였지
요. 더욱이 외동딸마저 다른 종교를 가진 남자와 도망
간 상태였고요. 결국 악에 받친 샤일록은 "법대로"를
외치며 억지를 부렸던 겁니다.

사람과 소통하는 방법, 억지를 부리다가 진퇴양난에
빠지는 '억지사지'가 아닌 '역지사지'입니다.

컴퓨터 자판을 보세요. '!'는 맨 왼쪽 상단에, '?'는 맨 오른쪽 하단에 위치해 있네요. 대각선으로 마주 본 두 문장부호 사이에는 자음과 모음이 도열해 있고요.

야심작 『레미제라블』을 세상에 내놓은 빅토르 위고는 독자의 반응이 너무나 궁금했어요. 고심 끝에 그는 '?'만 적은 전보를 출판사에 보냈지요. 출판사에서 보내온 답장을 보고 위고는 회심의 미소를 지었어요. 답장에는 '!'만 적혀 있었지요. 이 일화는 작은 문장부호 하나에 얼마나 깊은 뜻을 담을 수 있는지 알려줍니다.

'이모티콘'은 이모션emotion(감정)과 아이콘icon(그림)의 합성어라고 해요. 문장부호와 이모티콘에 감사의 마음을 담아 전하면 어떨까요?

　　　　　　　디폴트 효과

독일과 오스트리아는 이웃나라입니다. 그런데 장기
기증에 동의한 국민의 비율이 독일은 12퍼센트에 불
과하지만 오스트리아는 거의 100퍼센트에 가깝지요.
이 차이는 국민성과 아무런 관련이 없습니다. 이유는
단 하나, 규칙 때문입니다. 독일에서 장기 기증을 원하
는 사람은 동의서를 작성해야 합니다. 반면 오스트리
아에서는 장기 기증에 동의하는 것을 기본조건으로
삼고, 원하지 않는 사람만 전화를 걸어 거부 의사를 밝
히면 됩니다. 그렇게 규칙을 정했을 뿐인데 '디폴트
효과(최초 조건을 그대로 유지하려는 경향)'에 따라 결과
는 천양지차였지요. 긍정과 감사를 기본으로 깔고 오
늘 하루를 시작하면 어떨까요?

한국전력공사(사장 조환익) 직원들과 함께 감사의 정의 내리기 게임을 했습니다.

- **전기** 우리 삶을 풍요롭게 해준 전기, 풍요롭게 해줄 감사(이영식)
- **약한 감전** 감사로 소통하는 순간 느낌이 짜릿하죠(김준용)
- **친환경 에너지원** 무한대로 긍정에너지를 만들어내므로 (김돈래)
- **저울** 주는 감사가 무거우면 받는 감사도 묵직해요(박종우)
- **얼굴** 내 자신을 가장 잘 표현할 수 있는 수단이니까(박진우)
- **마스터키** 모든 사람의 마음을 한꺼번에 열 수 있으므로 (김학석)

'벽'을 넘어 '별'이 되고 '산'을 넘어 '상'을 받는 감사 인생을 오늘도 시작합니다.

"자신이 쓰지 않은 작품 속의 주인공처럼 사는 법을
배워라."

그리스 철학자 에픽테토스가 남긴 이 격언에는 과거
의 업적에 안주하지 말라는 교훈이 담겨 있습니다. 미
국 작가 마크 트웨인도 「20년 뒤」라는 글에서 "당신은
했던 일보다 저지르지 않았던 일로 인해 더 많이 실망
할 것" 이라고 경고했지요.

"영화 인생을 끝낼 때까지 나 스스로 만족하는 작품은
만들지 못할 것 같다. 그러나 완성을 향해 필사적으로
노력하는 것도 가치 있는 일이라 생각한다."

영화감독 임권택이 한 강연장에서 한 말입니다. '필사
적으로'는 '죽을힘을 다하여'라는 뜻이지요. 미완성
교향곡 같은 인생, 그래도 필사즉생必死則生의 자세로
연주해야겠죠?

고통, 불안, 두려움이 없는 인생을 원하십니까? 하지만 통증이 없는 인생은 '축복'이 아니라 '저주'입니다. 실제로 신경세포가 마비된 한센병 환자들은 통증을 느끼지 못해서 인체 손상에 무방비로 노출되곤 하지요. 통증이 있다는 것, 즉 아픔을 느낀다는 것은 살아 있다는 반증입니다. 정신의학자 신영철은 "건강하고 안전한 인생을 살기 위해서는 고통, 불안, 두려움도 필요하다"면서 "생각을 바꾸면 모든 것에 감사할 수 있다"라고 역설합니다. 디즈니 영화 〈인사이드 아웃〉도 기쁨이 슬픔과 협력할 때 비로소 성숙한 인생에 이를 수 있음을 보여주었지요. 아픔을 느끼는 통각痛覺으로 본질을 꿰뚫는 통찰洞察을 얻을 수 있기를 소망합니다.

레스토랑 중에 'TGIF'라는 체인점이 있습니다. TGIF
는 "Thank God. It's Friday"의 머리글자를 딴 것입
니다. "금요일이어서 감사합니다. 이제 신나는 주말입
니다"로 의역할 수 있는데, 주중 5일 동안 열심히 일한
후 주말을 맞게 되어 기쁘고 감사하다는 뜻입니다. 그
런데 TGIF를 응용해 생겨난 'TGIM'이란 신조어가 직
장인 사이에서 화제가 된 적이 있습니다. TGIM은
"Thank God. It's Monday"의 머리글자로 "월요일이
어서 감사합니다. 즐거운 한 주가 시작되었습니다"로
의역할 수 있습니다. 우리도 이렇게 소소한 일상에 감
사하는 불금(불타는 금요일)의 TGIF 인생, 나아가 월요
병 없는 TGIM 인생을 살아보면 어떨까요?

부 레 없 는 상 어

바닷물고기 가운데 유독 상어만 부레[*]가 없다고 하지
요. 부레가 없으면 물고기는 해저로 가라앉기 때문에
잠시도 움직임을 멈출 수가 없습니다. 그래서 태어나
면서부터 쉬지 않고 움직여야만 했던 상어는 힘이 센
'바다의 왕자'가 될 수 있었지요. '불평'이 아닌 '감
사'로 역경에 도전하는 이 땅의 '부레 없는 상어들'에
게 응원의 박수를 보내면 어떨까요?

▪ 부레: 경골어류의 몸속에 있는 얇은 혁질의 공기주머니. 뜨고 가
  라앉는 것을 조절하는 기능 외에 종류에 따라서는 청각이나 평형
  감각기관의 역할도 한다.

기우제

한 마을에 반년이 넘도록 비가 오지 않았습니다. 마을 사람들은 기우제를 지내기로 했지요. 사람들이 산에 올라가 기우제를 지내고 내려올 무렵, 기다렸다는 듯이 비가 쏟아지기 시작했습니다. 마을 사람들은 기쁘기는 했지만 빗속에 하산할 일이 걱정이었습니다. 우산을 준비해온 사람은 단 한 명, 다섯 살 아이였습니다. 놀란 이장이 어떻게 우산을 가져올 생각을 했느냐고 묻자 아이가 말했습니다.

"할아버지는 기우제를 지내면서 어떻게 우산도 준비를 안 했어요?"

프로야구팀 한화이글스 김성근 감독의 『리더는 사람을 버리지 않는다』에 나오는 일화입니다. 행운은 준비된 사람을 좋아합니다Luck favors the prepared.

조상근 퓨처리더십센터 부장은 어머니의 칠순잔치를 앞두고 특별한 이벤트를 준비했습니다.

"제 어머니에게 생신 축하 문자를 보내주세요."

지인 150명에게 이런 협조 요청 문자를 보내며 어머니 휴대폰 번호도 알려주었지요. 디데이D-Day. 가족이 식탁 앞에 모이자 어머니 휴대폰이 요동치기 시작했습니다. 1박2일 동안 140통의 축하 문자가 쇄도했고, 간간히 축하 전화까지 걸려왔지요.

"이게 어찌 된 일이냐?"

어머니는 연신 휴대폰을 열어보며 소녀처럼 좋아하셨습니다. 영어 단어 'Family(가족)'에 대한 독특한 해석 Father And Mother I Love You이 화제가 된 적이 있지요. 감사나눔 품앗이 이벤트, 우리 모두를 하나의 가족으로 만듭니다.

부부싸움 직후 화가 머리끝까지 치민 남편과 아내의 입김을 모아서 독극물 실험을 했습니다. 그랬더니 코브라의 독보다도 더 강력한 맹독성 독극물이 검출되었습니다. 이런 실험도 한 적이 있지요. 사람을 가두고 약을 잔뜩 올린 다음 타액 성분을 검사했습니다. 그랬더니 황소 수십 마리가 즉사할 만한 엄청난 파괴력을 지닌 독극물이 검출되었습니다.

우리가 무심코 던지는 말 한마디가 고래를 춤추게 하는 '칭찬'이 될 수도 있고, 죄 없는 개구리를 죽게 만드는 '돌멩이'가 될 수도 있습니다. 싸움보다 사랑, 분노보다 용서가 이 세상에 충만하면 좋겠습니다. 오늘도 입과 혀에서 긍정과 감사의 언어가 넘쳐나기를 소망합니다.

신이 보고 있다

조각가 페이디아스가 파르테논 신전의 지붕 위에 세울 작품을 완성했습니다. 그런데 아테네의 재무관은 작품료 지불을 거절했습니다.

"당신의 작품은 아테네에서 가장 높은 언덕에 위치한 신전에 세워질 것이오. 그런데 당신은 아무도 볼 수 없는 조각의 뒷면에 들어간 비용까지 부당하게 청구했소. 어떻게 생각하시오?"

페이디아스가 거침없이 답했습니다.

"당신이 틀렸소. 당신은 내 작품의 뒷면을 아무도 볼 수 없다고 했지만 그렇지 않소. 하늘의 신이 내 작품을 내려다보고 있소."

피터 드러커의 『프로페셔널의 조건』에서 읽은 이야기입니다. 타율적 '감시'와 '감독' 없이도 자율적 '감사'와 '감동'이 흘러넘치는 당당한 하루가 되기를!

행복을 바라보라

"연극 〈고도를 기다리며〉에 대한 표준적 해석은 '기다
린다, 오지 않는다, 그래도 기다린다'라는 단순한 주제
와 구성에 착안해 '오지 않는 것은 절망이지만, 무엇
인가 기다린다는 것은 희망이다'라고 말한다. 하지만
'그래도 기다린다'는 행위로부터 희망을 찾는 안일한
해석은 퍽 의심스럽다."

알랭 바디우의 『베케트에 대하여』 서평에서 작가 장정
일이 던진 도발적 화두입니다. '고도'를 '행복'이란 단
어로 바꾸어보니 어느 정도 공감이 됩니다. 행복은 이
미 '안방' 안에 들어와 있는데 정작 그것을 바라보지
못하고 '대문'만 하염없이 쳐다보는 격이니까요. 정말
중요한 것은 행복을 '기다림wait'이 아니라 '바라봄
watch'일지도 모르겠습니다.

"인사人事라는 단어 자체가 앞에 '사람 인人' 자, 뒤에 '일 사事' 자가 들어간다. '먼저 사람이 있고 나서 일이 있다'는 뜻이다."

중국 CCTV에서 삼국지 강의로 명성을 얻은 자오위핑 趙玉平 교수의 말입니다. 자오 교수는 개인적 역량은 걸출하지 못하지만 뛰어난 인재를 기용해 능력을 꽃피우게 만든 유비의 용인술用人術을 현대사회에 가장 걸맞은 리더십으로 꼽았습니다. 그는 다도茶道의 예를 들어 설명했지요.

"인재는 '물'이고 조직은 '찻잔'이다. 찻잔에 물을 따르려면 찻잔이 아래에 있어야 한다. 그렇기 때문에 조직을 이끄는 리더는 항상 자신을 낮춰야 한다."

유비의 삼고초려三顧草廬 리더십이 그리운 날입니다.

"저를 다시 돌아보는 시간이 되었습니다"(성해산업 이동선), "정말 중요한 것을 일깨워주서서 감사합니다"(대영기업 이수정) , "이번 교육이 나를 변화시키는 계기가 될 것 같습니다"(세원산업 이외형), "30년 전 돌아가신 어머니에게 감사한 것을 쓰면서 눈물이 자꾸 나와 발표하기 힘들었습니다"(정환기업 장용자), "오늘부터 아내에게 감사 문자메시지를 매일 하나씩 보내기로 결심했습니다"(태정기업 강동명) , "항상 감사의 마음을 되새기며 살겠습니다"(태림기술 윤선희).

삼성중공업 협력사 직원들이 1박2일 감사캠프를 마치고 보내준 문자메시지입니다. 모든 사람이 '감사 말춤'으로 '행복 스타일' 멋지게 연출하며 살면 좋겠습니다.

육군 제3공병여단 125부대(대대장 강경일 중령) 장병들
과 함께 감사의 정의 내리기 게임을 했습니다.

- 전우 기쁠 때나 슬플 때나 항상 옆에 있어주니까(일병 홍
  요섭)
- **불침번** 과거를 성찰하고 미래를 설계하며 많은 생각을
  할 수 있기에(일병 고태형)
- **휴가** 휴가를 많이 가면 기분이 좋아지듯이 감사도 많이
  하면 기분이 좋아져요(일병 김진희)
- **시소** 자신은 낮아지고 상대는 높이니까(일병 권대웅)
- **은행통장** 쌓일수록 마음의 풍요가 커지므로(병장 박종효)
- **증명사진** 감사는 열심히 하면 남에게 좋은 인상을 주는
  증명사진이 될 수 있다(일병 박하민)

'전천후 감사'로 무장한 장병들이 어떤 '인생 악천후'
도 이겨낼 수 있기를 빕니다.

일—하루에 한 가지 이상 좋은 일을 하고

십—하루에 열 번 이상 크게 웃고

백—하루에 백 자 이상 글을 쓰고

천—하루에 천 자 이상 책을 읽고

만—하루에 만 보 이상 대지를 걸으면

행복이 그대와 함께 하리니

●박노해, 「행복한 수학공부」 중

일노일노 일소일소—怒一老 一笑一少. 화내면 늙고 웃으면 젊어진다는 말입니다. 일선일선 일독일독 일감일감—善一先 一讀一獨 一感一甘. 선행하면 앞서가고, 독서하면 독립하고, 감사하면 달콤한 행복의 열매를 맛볼 수 있다는 뜻입니다. 행복나눔125(1일 1선, 1월 2독, 1일 5감)를 제 나름대로 풀이해 보았습니다. 행복나눔125 생활화로 행복한 인생을 멋지게 연출해보세요.

미국인이 일상에서 가장 자주 사용하는 단어가 '땡큐
Thank you'입니다. 실제로 타인이 작은 호의만 베풀어
도 미국인은 '땡큐'를 연발하지요. 'thank(감사하다)'
는 'think(생각하다)'에서 유래했다고 합니다. 두 단어
의 어원이 같다는 뜻이지요. 따라서 '(당신의 호의에)
감사하다'는 '(당신의 호의를) 잊지 않겠다'는 의미가
됩니다. 이때 상대는 보통 "You're welcome(천만에
요)"이라고 반응합니다. "당신은 제가 원하는 사람입
니다. 그래서 기꺼이 한 일입니다"라는 의미가 되지
요. 결국 감사는 서로 사랑하자는 겁니다. 감사 풍경風
聲, wind-bell이 자주 울려 퍼질수록 세상 풍경風景,
landscape도 더 아름다워지겠죠?

진정한 리더

노르망디 상륙작전 디데이D-Day는 1944년 6월 6일이었습니다. 하루 전날 연합군 총사령관 드와이트 아이젠하워는 이런 내용의 짧은 편지를 썼지요.
"작전이 실패로 돌아가면 모든 책임은 나에게 있다."
그는 이 편지를 한 달 동안 가슴에 품고 다녔답니다.
"장성묘역 대신 병사묘역에 묻히기를 원한다."
주월한국군 사령관 채명신 장군의 유언입니다.
진정한 리더는 책임을 질 때는 '맨 앞'에, 칭찬을 받을 때는 '맨 뒤'에 섭니다. 아르헨티나 작가 베르나르도 스타마테아스는 부하의 자존감을 짓누르며 불필요한 스트레스를 유발하는 리더를 '유해인간有害人間'으로 규정했지요. 홍익인간弘益人間 정신을 실천하는 리더가 많으면 좋겠습니다.

부동액

한파가 밀려오는 겨울에도 자동차를 안전하게 타려면 준비해야 하는 것이 있습니다. 바로 염화칼슘, 염화마그네슘 등으로 만드는 부동액不凍液입니다. 식물도 늦가을에 접어들면 닥쳐올 혹한을 일찌감치 알아채고 부동액을 비축하기 시작합니다. 예컨대 소나무는 프롤린, 베타인 같은 아미노산과 수크로오스 따위의 당분을 세포에 저장합니다. 된서리 맞은 늦가을 배추가 더 달고 고소한 이유가 여기에 있지요. 가랑잎 더미 속에서 모진 겨울을 나는 청개구리가 동사하지 않고 봄을 맞을 수 있는 것도 포도당과 글리세롤 때문입니다. 감사와 사랑의 부동액을 넉넉히 비축하는 것이 인생한파를 이겨낼 비법입니다.

감사의 눈

포항공대 교직원 손진영 씨는 학사업무 처리 중 한 학생과의 오해와 갈등 때문에 극심한 스트레스를 겪었습니다. 그러던 어느 날 학생회관 앞 잔디밭에서 우연히 행운의 상징인 네잎클로버를 발견했습니다. 책갈피에 끼워서 잘 말린 네잎클로버를 코팅해 북마크를 만들었고, 용기를 내어 그 학생에게 선물했지요. 그랬더니 오해와 갈등이 봄볕에 눈 녹듯이 사라졌습니다.

"언니, 정말 고마워요. 이 귀한 걸 저에게 주시다니!"

손진영 씨는 그때부터 네잎클로버를 찾기 시작했는데, 3년 후에는 한 해에만 무려 100개나 발견했다고 합니다. 행운을 얻고 싶다면 감사의 눈을 활짝 뜨세요.

" '도대체 책 읽을 시간이 없다'는 말은 그저 한 마리의 소시민, 무지렁이 밥벌레로 살겠다는 말과 같다."
조선시대 지식인의 독서법을 담은 책 『오직 독서뿐』의 서문에서 저자 정민 교수가 던진 일갈입니다. 독서는 감사Thank를 무적의 탱크Tank로 만들어주고, "들리지 않는 목소리를 듣고, 보이지 않는 길을 걷고, 잡히지 않는 손을 잡을 수" 있게 합니다.▪ '냉철한 독서'가 '따스한 감사'를 북돋울 때 행복은 지속성, 심층성, 확장성의 시너지 효과를 얻을 수 있습니다. 북돋움은 '기운이나 정신 따위를 더욱 높여 주는 행위'를 의미하지요. 독서로 감사를 북book돋우며 살아야겠습니다.

▪ 김연수의 단편 「깊은 밤, 기린의 말」에서 발췌.

작심삼일作心三日. 습관화의 어려움을 상징하는 말입니다. 하지만 3일이란 첫 고비만 잘 넘기면 습관이 된다는 의미도 되지요. 달걀이 부화하는 데 걸리는 시간은 21일, 즉 3주입니다. 낡은 습관의 껍질을 깨고 새로운 습관의 생명이 탄생하려면 3주를 잘 이겨내야 합니다. 단군 신화에서 곰이 사람으로 변하기까지 필요했던 시간은 100일, 약 3개월입니다. 실제로 사람의 신체를 구성하는 60조 개의 세포는 100일이 지나면 전부 새 세포로 바뀐다고 합니다. 우리 조상들이 무언가를 간절히 원할 때 백일기도를 올린 것에는 과학적 근거가 있었던 셈이지요. 더 많은 사람이 '3-3-3의 법칙'을 터득해 '삼삼한 인생'을 살면 좋겠습니다.

"방 없어요."

아기 예수의 탄생을 그린 성탄절 연극 대본에 원래 있었던 대사입니다.

"방 없어요."

요셉과 마리아가 문을 두드리면 여관 주인은 그렇게 말해야 했습니다.

"방 없어요."

그것도 세 번이나 매정한 목소리로 말이지요. 그래야만 요셉과 마리아는 마구간으로 가게 됩니다. 그런데 여관 주인 역을 맡은 정신장애 초등학생 랄프는 요셉의 간절한 세 번째 호소에 그만 마음이 흔들리고 말았지요.

"방 있어요! 내 방을 써요!"

대본에 없던 대사에 이날 연극은 엉망이 되고 말았지만 관객은 숙연한 감동을 느꼈다고 합니다. '차도남(차가운 도시 남자)'이 넘치는 이 세상, 랄프 같은 '따도남(따뜻한 도시 남자)'이 많으면 좋겠습니다.

"큰 업적을 남긴 사람들에게는 공통점이 있다. 곁에
늘 자신의 단점보다 장점을 더 봐주고 격려해준 사람
이 있었다는 것이다."

김주환 교수가 자신의 저서 『그릿』에서 한 말입니다.
한국의 교육시스템은 학생들로 하여금 항상 자신의
단점에만 집중하도록 강요해온 측면이 있습니다. 하
지만 김 교수는 "단점을 메우는 데만 한평생 집중하다
가는 기껏해야 모든 면에서 평균적인 사람밖에 되지
못한다"라고 역설합니다. 메릴린 먼로의 입술 옆에 살
짝 찍힌 검은 점은 '옥에 티'가 아니라 매력을 높여주
는 '화룡점정'이었지요. 자녀의 단점을 장점으로, 약
점을 강점으로 바꿀 수 있는 지혜의 안목을 키워야겠
습니다.

혈중 인간미 농도

프란치스코 교황이 한국 방문을 마치고 바티칸으로 돌아가는 전세기에서 기자회견을 열었습니다. "세월호 추모 행위가 정치적으로 이용될 수 있다고 생각하지 않았느냐"라는 질문이 나오자 교황은 이렇게 답했지요.

"유족의 고통 앞에서 나는 중립을 지킬 수 없었습니다."

인간의 자살을 '신에 대한 범죄'로 규정해온 한국 기독교에서 최근 전향적 조치가 나왔습니다. 예장통합 교단이 새로운 「자살에 대한 목회 지침서」를 채택했는데 자살은 "주변 사람들, 즉 부모 형제와 같은 가족, 친지, 동료, 이웃들이 더 사랑해주지 못한 결과"라는 내용도 담겨 있다고 하네요. '혈중 알코올 농도'보다 '혈중 인간미 농도'에 더욱 예민한 반응을 보여야 하지 않을까요?

진정한 경쟁

유치원생을 세 집단으로 나눠 그림을 그리게 했습니다. 집단 A는 그림을 그리면 보상을 주겠다고 약속했고, 집단 B는 사전에 말하지 않고 나중에 보상했고, 집단 C는 아무런 보상 없이 그림을 그렸습니다. 2주 후에 세 집단의 아이들에게 그림을 그리게 하자 집단 A가 가장 낮은 의욕을 보였습니다.

마거릿 헤퍼넌의 『경쟁의 배신』에 소개된 이 실험은 경쟁을 조장하는 점수나 보상이 자발적 동기와 창의적 활동을 꺾는다는 사실을 잘 보여줍니다. 진정한 경쟁은 '오늘의 나'가 '어제의 나'와 겨루는 것입니다.

다일공동체(대표 최일도 목사) 직원들과 함께 감사의 정
의 내리기 게임을 했습니다.

- **밥** 들으면 들을수록 나누면 나눌수록 배부르기 때문(정
  다은)
- **물** 감사가 없으면 늘 목마르죠(김지은)
- **꽃** 감사의 마음을 전하는 순간 모두의 얼굴은 환하게 피
  어납니다(남연옥)
- **생명** 내가 살아 움직이고 있음을 증명해주기 때문(김현자)
- **바오밥나무** 감사는 우리를 천천히 그리고 튼튼히 자라
  게 하죠(최정순)
- **존재 자체** 지구별 생명 탄생 후 지금 있는 존재 자체가
  감사입니다(이순기)

사람은 '법' 없이는 살아도 '밥' 없이는 못삽니다. 서로
에게 '밥상' 차려주고 '밥값' 하면서 살아야겠죠?

드라마 〈미생〉의 두 주인공 이름은 '(장)그래'와 '(오)상식'입니다. 억지로 영역英譯하자면 'yes'와 'common sense'가 되지요.

"열심히 안 한 것은 아니지만, 열심히 안 해서인 걸로 생각하겠다."

기원 연습생 장그래는 프로 입단에 실패하자 환경을 탓하기보다 더 열심히 안 해서 실패한 것이라고 자신을 위로합니다. 긍정의 화신인 그는 고졸이라는 약점을 이겨내고 회사원의 희망으로 거듭납니다. 하지만 장그래의 성공은 어디까지나 '괜찮은 상사' 오상식 차장이 있었기에 가능했지요. 김춘수는 시 「꽃」의 마지막 연에서 "우리들은 모두/무엇이 되고 싶다"라고 노래합니다. 부하는 긍정으로, 상사는 상식으로 서로에게 꽃이 되는 일터를 꿈꾸어봅니다.

불사不死의 존재가 되면 행복할까요? 영화 〈트로이〉에서 아킬레우스(브래드 피트 분)는 영원히 죽지 않는 태양의 신 아폴론을 섬기던 여사제 브리세이스(로즈 번 분)에게 이렇게 말했지요.

"신은 인간을 질투해. 인간은 언젠가 죽거든. 인간은 늘 마지막 순간을 살고 있지. 그래서 삶은 아름다운 거야."

1999년 『뉴욕 타임스』는 '지난 1천년 최고의 문장부호'로 마침표를 선정했습니다. 르네상스 시대에 한 인쇄공이 생각해낸 "마침표가 없으면 『젊은 베르테르의 슬픔』도 영영 끝나지 않았을 것"이라는 이유였지요. 마침표가 기다리고 있다는 확신이 있기에 오늘도 우리는 '지겨움'이 아니라 '설렘'으로 하루를 시작하는 것이 아닐까요?

토킹 스틱Talking stick은 경청의 지혜를 키우기 위해 인디언 공동체에서 전수되어온 제도입니다. 부족장이 발언권을 신청하는 사람에게 건네주는 지팡이가 토킹 스틱인데, 이때 다른 사람은 참견하거나 발언자의 말을 끊을 수 없습니다. 이런 방식으로 회의를 진행하면 모두가 만족스러워합니다.

웃음 벨Smile bell은 딱딱한 회의 분위기를 바꾸기 위해 포스코켐텍에서 도입한 제도입니다. 웃음 벨을 누르면 참석자 전원이 15초 동안 무조건 큰 소리로 웃어야 하는데, 그러다 보면 마음의 문이 열리며 원활한 소통이 이루어진다고 합니다.

토킹 스틱과 웃음 벨로 회의 시간을 소통과 공감의 땡스타임Thanks time으로 만들어보세요.

인생의 고수, 소통의 고수

> 말하자면 세상의 모든 아름다움은
>
> 스스로의 경계를 지워
>
> 다른 것들과 섞여드는 그 어름에서
>
> 생겨나고 사라진다

● 이명찬, 「사랑법」 중

흔히 기업의 최고경영자CEO는 오케스트라 지휘자에
비유되곤 합니다. 그런데 자신을 판소리 고수鼓手에 비
유한 CEO가 있습니다. 포스트잇으로 유명한 글로벌
기업 3M의 중국사업부문 정병국 사장이 바로 그 주인
공입니다. 고수는 창唱을 하는 소리꾼이 흥興에 겨워
잘할 수 있도록 북을 쳐서 장단을 맞추고 추임새를 넣
습니다. 관객의 분위기가 가라앉으면 박자를 빠르게
이끌어 신명을 돋우기도 하지요. 추임새 '잘한다'는
누군가가 '자란다'는 밑거름이 됩니다. 인생의 고수高
手는 곧 소통의 고수鼓手입니다.

국어사전에서 단어 '통쾌痛快'를 찾아보니 "아주 즐겁고 시원하여 유쾌함"이라는 설명이 붙어 있더군요. 그런데 '아플 통痛' 자가 '기쁠 쾌快'의 앞쪽에 온다는 사실이 특이합니다. 주철환 PD는 "통쾌해지려면 고통이 선행되어야 한다는 의미"라고 해석했지요. 곤충학자 찰스 고우만은 이런 아픈 고백을 한 적이 있습니다. "나비가 되기 위해 고치에서 빠져나오던 애벌레의 고통스런 모습이 너무 안쓰러워 바늘로 구멍을 조금만 넓혀주었다. 그런데 날개를 펼치고 화려하게 비상할 것으로 기대했던 나비는 그만 바닥에 쓰러져 죽고 말았다."

기쁨의 비상飛上을 원한다면 고통의 우화羽化를 견뎌야 합니다.

역광

지리산 단풍이 절정을 이룰 무렵 겪었던 일입니다. 원색의 단풍을 카메라에 담으려 노력했지만 만족스럽지 않았습니다. 하산하는 버스에서 우연히 만난 한 중년 남성이 이렇게 충고하더군요.

"단풍의 색감을 온전히 맛보려면 역광으로 찍으세요."

그러면서 자신이 촬영한 단풍 사진을 보여주었지요. 사진 촬영의 금기인 역광逆光에 도전해야 한다는 역설逆說이 우리 인생을 닮았습니다. 배는 물이 역류逆流할 때 띄워야 하고, 역풍逆風이 불어도 돛만 잘 활용하면 앞으로 갈 수 있지요. '역광'에 도전하는 '영광'의 하루가 되세요.

"사랑에 대한 '어떤 것'만을 담아낼 때 영화는 달달해
진다. 사랑에 대한 '모든 것'을 담은 이 영화는 그래서
마냥 달달할 수 없다."

루게릭병에 걸린 물리학자 스티븐 호킹의 달콤 쌉싸
름한 사랑을 극화한 〈사랑에 대한 모든 것〉을 향해 던
진 한 평론가의 해석입니다. 단맛 하나만 가지고 요리
를 만들 수는 없지요. 짠맛, 쓴맛, 신맛, 매운맛까지 동
원해야 진미珍味가 완성됩니다. 춘추春秋만이 아니라 춘
하추동春夏秋冬이 있어야 계절이 완성되고, 현재만이 아
니라 과거와 미래도 있어야 '시간의 역사History of
Time'가 완성되듯이! 그러니 어떤 것의 '상실'을 너무
슬퍼하지 마세요. 모든 것의 '실상'과 만날 좋은 기회
가 될 수도 있습니다.

감사하는 아이

쌍둥이 형제가 있었어요. 한 아이의 입에서는 늘 감사가 넘친 반면, 다른 아이는 불평을 입에 달고 살았지요. 어느 날 부모는 두 아이에게 선물을 주었어요. 불평하는 아이에게는 게임기를, 감사하는 아이에게는 상자에 담긴 토끼 똥을 주었지요. 불평하는 아이가 말했어요.

"이 게임기는 벌써 한물간 거라고! 부모님은 역시 옛날 분들이야."

감사하는 아이는 말했지요.

"부모님이 어딘가에 토끼를 숨겨놓은 게 분명해!"

심한 화상을 입고도 작가로 성공한 여성이 있는 반면 쌍꺼풀 수술이 조금 잘못되었다고 자살한 여성도 있습니다. 행복은 '성적'순이 아니라 '성격'순입니다. 나에게 주어진 '오늘'이라는 선물의 포장지를 설레는 마음으로 뜯어보면 어떨까요?

참 삶 의 나이

세계적인 장수마을인 터키의 악셰히르 입구에는 공동
묘지가 있는데, 묘비마다 3, 5, 8 등의 숫자가 새겨져
있다고 합니다. 돌림병으로 어린아이들이 떼죽음이라
도 당했던 것일까요? 마을의 한 노인은 그 이유를 이
렇게 설명했습니다.

"우리 마을에선 묘비에 나이를 새기지 않는다오. 사람
들은 '오늘 내가 정말 의미 있게 살았구나' 하고 느낄
때마다 자기 집 문기둥에 금을 하나씩 긋지. 그가 이
지상을 떠날 때 문기둥의 금을 세어 이렇게 묘비에 새
겨준다오."

박노해의 시 「삶의 나이」를 산문으로 고쳐보았습니
다. 감사하는 사람에게 정말 중요한 것은 '장수'가 아
니라 '참삶'입니다. 오늘, 나의 묘비에 적힐 '참삶의
나이'를 가늠해봅니다.

'모두everybody', '누군가somebody', '아무나anybody',
'아무도nobody'가 살고 있는 마을에 중요한 일이 생겼
습니다. '모두'는 '누군가'가 틀림없이 그 일을 할 것
으로 생각했습니다. 그러나 '아무도' 그 일을 하지 않
았습니다. 이를 보고 '누군가'가 매우 화를 냈습니다.
왜냐하면 그것은 '모두'가 할 일이었기 때문입니다.
그러나 '아무나' 할 수 있는 일을 '아무도' 하지 않았
습니다.

강원국의 『회장님의 글쓰기』에 나오는 이야기입니다.
중요한 것은 '머릿수'가 아니라 '열의에 찬 불씨 하나'
라고 저자는 말했지요. 결국 '아는 것'이 아니라 '하는
것'이 힘입니다. 실천 1계명을 나작지(나부터, 작은 것부
터, 지금부터)로 삼아야겠습니다.

감사 뉴스의 시대

"뉴스는 겁먹고 동요하고 괴로워하는 대중을 간절히 필요로 한다."

영국 작가 알랭 드 보통이 『뉴스의 시대』에서 한 말입니다. 그는 우리 사회를 '뉴스 중독의 시대'로 진단하며 "뉴스에 거리를 두고 스스로 판단하는 훈련을 하자"고 제안했지요. 언론이 공급한 부정 일변도의 뉴스는 어둠에 대한 두려움이 만들어낸 상상 속의 괴물 '어둑시니'를 닮았습니다. 옛날에는 겁을 먹고 쳐다보면 볼수록 어둑시니의 몸집이 커져서 사람마저 삼켜버린다고 믿었지요. 이제 우리는 뉴스의 수동적 소비자가 아니라 능동적 생산자가 되어야 합니다. 방방곡곡North, East, West, South에 감사 뉴스NEWS가 넘쳐나는 세상을 꿈꾸어봅니다.

경희대학교 국제통상·금융투자학과 학생들과 함께 감사의 정의 내리기 게임을 했습니다.

- **무역** 무역 전후의 균형을 비교하면 후생이 증가한 것처럼 감사 전후의 마음 균형을 비교하면 행복이 증가한다 (박소원)
- **비행기** 당신 마음속으로 가장 빨리 이동할 수 있다(최서은)
- **휴대폰** 휴대폰을 손에서 놓치면 안 되듯이 감사도 마음에서 놓치지 말자(김은경)
- **프리즘** 빛이 프리즘을 통과하면 무지개가 되고 삶이 감사를 통과하면 행복 무지개가 된다(장영은)
- **퍼즐조각** 퍼즐을 한 조각씩 맞춰나가면 그림이 완성되듯 작은 감사가 모여서 나의 멋진 인생이 완성된다(조미애)

배움의 길에는 끝이 없다는 사실을 배운 한 학기가 되었기를!

"5장만 먼저 복사해도 될까요?"

이렇게 말하며 복사기를 사용하려는 사람들에게 줄 가운데에 끼워달라고 부탁하자 60퍼센트가 양보해 주었습니다. 그런데 거기에 "왜냐하면"이라는 말을 추가했더니 무려 94퍼센트가 양보해 주었다고 합니다. 하버드대학교 심리학과 엘렌 랭어 교수가 진행한 실험입니다.

『한 줄의 기적, 감사일기』의 저자 양경윤은 이 실험 사례를 소개하며 "감사일기에 무엇이 왜 감사한지 구체적으로 쓰라"고 권했지요. 구체적 마음 전달, "예"와 "좋아요"라는 긍정적 반응으로 돌아옵니다.

천지 만물의 창조가 끝나자 새들이 불평하기 시작했습니다.

"다른 동물에게는 저렇게 튼튼한 다리를 만들어주면서 왜 우리에게는 이렇게 가느다란 다리를 주셨나요? 왜 우리 새에게만 양쪽 어깨에 무거운 짐을 매달아 걷기도 힘들게 하셨나요?"

그런데 용기 있는 독수리 한 마리가 어깨에 매달린 짐을 움직여 보았습니다. 그러자 독수리의 몸이 솜털처럼 가벼워지며 하늘로 떠올랐습니다.

"아, 우리 어깨에 매달린 것은 무거운 짐이 아니라 온몸을 가볍게 해주는 날개였구나!"

이스라엘 우화 '새들의 불평'의 줄거리입니다. 고난의 비상非常이 걸렸을 때도 '불평'이 아니라 '감사'를 선택할 때 고난을 극복하고 비상飛上할 수 있습니다.

이윤과 윤리

콜로라도에서 정육점을 운영하던 청년 페니는 고기를 납품하는 호텔의 주방장이 뇌물을 요구하자 단호하게 거부했습니다.

"뇌물을 주면 손해 보는 이는 고객입니다. 뇌물을 제공한 만큼 질이 나쁜 고기를 납품할 수밖에 없기 때문이지요. 정직과 신용이 나의 경영철학입니다."

결국 호텔 주방장이 고기 납품을 받아주지 않아서 페니는 정육점 문을 닫아야만 했습니다. 하지만 당장의 손해에도 불구하고 정직과 신용을 지켰다는 소문이 퍼지면서 페니는 새로운 도약의 기회를 얻을 수 있었습니다. 미국의 백화점왕 J. C. 페니의 일화입니다. 단기적 '이윤'이 아니라 '윤리'의 기본을 지키는 경영자가 성공하고 인정받는 세상을 꿈꾸어봅니다.

"작가는 되는 것이 아니라 하는 것이다."

●헤더 리치, 『창의적인 글쓰기의 모든 것』

"심장heart 안에는 예술art이 있다."

●줄리아 카메론, 『나를 치유하는 글쓰기』

미국인 최초로 노벨문학상을 수상한 싱클레어 루이스가 하버드대학교에 글쓰기 특강을 하러 갔습니다. 그가 학생들에게 이런 질문을 던졌지요.

"여러분은 글을 잘 쓰고 싶습니까?"

학생들이 "네"라고 대답하자 루이스가 말했습니다.

"그럼 왜 여기 앉아있습니까? 집에 가서 글쓰기를 해야죠."

그것으로 특강은 끝이 났습니다. 글쓰기도 잘하고 멋진 인생도 살고 싶다면 이상보다 실천, 머리보다 가슴에 방점을 찍어야 합니다.

"앞으로 일어날 일에 쓸데없는 기대와 걱정은 하지 말라. 어차피 일어날 일은 일어난다."

소설 『창문 넘어 도망친 100세 노인』에 나오는 말입니다. 씩씩한 긍정과 단호한 낙관주의로 무장한 주인공 알란 칼손은 어떤 상황에서도 주저하거나 포기하지 않았습니다. 그래서 자신의 100세 생일파티를 앞두고도 요양원에서 '행선지 없는 탈출'을 감행, 갱단과 경찰의 추적을 요리조리 피하며 유쾌·상쾌·통쾌한 로드무비의 진수를 선보였지요. 알란 칼손은 "긍정적 사고를 발휘하면 문제는 저절로 해결된다"며 이렇게 말합니다.

"당신들의 자유와 행복을 스스로 감금한 채 허비하지 말라고!"

한 백화점에 같은 대학을 다닌 두 청년이 나란히 입사 했습니다. 경영학을 전공했기에 핵심 부서에 배치되 기를 원했지만 동시에 떨어진 첫 임무는 엘리베이터 안내였습니다. 같은 상황에 두 사람은 정반대의 반응 을 보였습니다. 한 청년은 크게 실망해 곧바로 사표를 던졌지요. 하지만 다른 청년은 고객 성향을 체험할 좋 은 기회로 여기고 열심히 일했습니다. 그는 점차 주변 의 인정을 받아 부서 책임자가 되었고, 나중에는 백화 점 전체를 경영하는 CEO가 되었지요.

백화점왕 페니의 성공 일화입니다. '그럼에도 불구하 고in spite of 감사를 실천해 'NO'를 'ON'으로, '자살' 을 '살자'로, 'Change'를 'Chance'로 뒤집는 청년들 이 많으면 좋겠습니다.

에스키모는 '눈snow, 雪'에 대한 표현을 수백 가지나 가
지고 있는데, 다음의 네 가지가 가장 자주 쓰인다고 합
니다. 하늘에서 내리는 눈 '가나gana', 땅에 쌓인 눈
'아풋aput', 바람에 휘날리는 눈 '픽서폭pigsirpog', 바람
에 날려 쌓인 눈 '지먹석gimugsug'. 다른 이들에게는 당
연한 눈일지 몰라도 에스키모는 상황에 따른 섬세한
작명을 통해 '특별한 눈'을 창조했습니다. 인생 법칙
도 비슷하지 않을까요? 감사에 둔감하면 흑백黑白과 무
미無味의 인생을 살게 되지만, 감사에 예민하면 다채多
彩와 감미甘味의 인생을 창조합니다. 감사의 눈眼을 떠
서 행복의 눈雪에 담긴 깊은 의미를 음미하며 살기를
소망합니다.

"내가 하는 '부탁'이 남이 보면 '청탁'일 수 있습니다.

내가 하는 '선물'이 남이 보면 '뇌물'일 수 있습니다.

내가 하는 '단합'이 남이 보면 '담합'일 수 있습니다.

내가 할 때는 '정'과 '의리'지만 남이 볼 때는 '부정'과 '비리'일 수 있습니다."

TV와 라디오에 나왔던 공익광고의 내레이션입니다.

부탁, 선물, 단합의 장면은 밝은 모습으로 보였지만 암전暗轉하자 곧바로 청탁, 뇌물, 담합의 장면이 비쳤지요.

"성공비결이 하나 있다면 그것은 타인의 입장을 이해하고, 자기 자신뿐만 아니라 타인의 시선으로 사물을 보는 능력이다."

자동차왕 헨리 포드의 말입니다. 타인의 시선으로 자신을 '성찰'할 줄 알면 '성숙'한 인간이 됩니다.

유년 시절 시인 고은은 부끄러움을 심하게 탔습니다.
어른이 되어서도 상대의 얼굴을 똑바로 바라보지 못
할 정도였지요. 그러다가 언론인 출신 사학자이자 민
주화운동의 거목이었던 천관우 선생한테 된통 혼이
났습니다.

"왜 사람을 사시斜視로 보는가? 난 인간 모독을 당하는
것 같아 견딜 수가 없네. 앞으로는 정시正視를 하게. 정
시를!"

따끔한 질책을 듣고 각성한 시인은 마침내 '사람'만이
아니라 '역사'를 정면으로 호시虎視하는 이 시대의 선
지자가 되었지요. 헬렌 켈러는 "내일 갑자기 장님이
될 사람처럼 눈을 사용하라"고 했습니다. 운명의 지배
紙背가 철徹할 때까지 안광眼光을 빛내세요.

"죽음을 통해 보았다. 살아있다는 기적을!"

"누군가의 죽음을 눈앞에서 본다는 것은 나를 참 겸손하게 만드는 일이다."

"당장 소중한 이들에게 '미안해, 고마워, 사랑해'라고 말하고 싶다."

평균 21일밖에 못사는 불치병 환자들의 평안한 임종을 도와주는 호스피스. 이 '특별한 공간'의 '평범한 일상'을 담아낸 다큐멘터리 영화 〈목숨〉을 보고 관객들이 남긴 댓글입니다. 영화 포스터에는 이런 질문이 적혀 있었지요.

"사는 게 좋은 걸 잊은 당신에게 우리의 마지막이 묻습니다. 후회 없이 살고 있나요?"

어느 시인의 말처럼, 오늘 이 시간을 '내 남은 생애의 첫날'이자 '어제 죽어간 사람이 그토록 살고 싶어 하던 내일'로 여기며 살아갑시다.

감초

영화 〈변호인〉과 〈국제시장〉에서 주인공의 사무장과 죽마고우로 출연한 오달수가 한국 영화사상 최초로 '1억 관객 동원 배우'가 되었습니다. 한국 영화를 대표하는 남성배우를 꼽으라면 신성일, 안성기, 박중훈, 송강호, 황정민으로 이어지는 주연급 연기자의 계보가 떠오를 것입니다. 잘생긴 남성배우의 대명사인 장동건, 이병헌도 빼놓을 수 없겠지요. 하지만 가장 많은 관객과 만난 배우의 영예는 감초 연기를 펼쳐온 조연배우에게 돌아갔습니다. 모든 약초의 독성을 조화시켜 약효를 높여주는 감초甘草는 '꼭 있어야 할 물건'을 상징하지요. 비록 역할이 작더라도 묵묵히 최선을 다하는 사람이 '최후의 승자'가 되는 세상을 꿈꾸어봅니다.

한국가스공사(사장 이승훈) 직원들과 함께 감사의 정의
내리기 게임을 했습니다.

- **가스** 추운 날 방을 데워주는 가스처럼 감사는 사람들의
  마음을 따뜻하게 데워주죠(이창균)
- **소통** 감사를 나누다 보면 소통은 저절로 되기 때문(김종진)
- **해답** 바람직한 인생 방향을 알려주니까(김명남)
- **서프라이즈** 깜짝 놀랄만한 일상의 기적을 끊임없이 만
  들어주므로(문병호)
- **투자비 없는 대박 사업** 감사는 쉽게 할 수 있으며, 돈이
  들어가지 않으며, 결과가 100% 보장된다(이창선)
- **화분** 감사의 꽃이 피어도 방치하면 큰일 나죠. 지속적
  실천과 노력이 필요해요(오종은)

오늘도 감사라는 긍정에너지로 행복을 충전하세요.

"열정을 잃은 사람이 가장 늙고 슬픈 사람이다."

미국 시인 헨리 데이비드 소로의 말입니다. 노먼 빈센트 필은 이 말을 좌우명으로 삼자고 제안했지요. 열정을 잃은 사람은 어떻게 해야 할까요? 필은 해법으로 '사랑'을 제시했습니다.

"사람을 사랑하고, 하늘을 사랑하고, 아름다움을 사랑하라. 사랑하는 사람의 인생은 환희와 즐거움으로 가득 차게 되고 저절로 열정이 회복된다. 그러면 인생에는 의미가 충만해질 것이다."

그러니 열정이 사라졌다면 무엇보다 먼저 나를 '자랑'하지 말고 남을 '사랑'하세요. 남을 '사랑'하는 만큼 열정과 의미가 넘치는 인생을 살았다고 '자랑'할 수 있을 테니까요. '자랑'에서 한 획을 빼면 '사랑'이 됩니다.

검과 거름

'팔레스타인의 진주'로 불리는 유랑시인 마흐무드 다르위시. 그의 작품 「팔레스타인에서 온 연인」에는 이런 구절이 나오지요.

"우리들의 노래는 아직도/ 겨누기만 하면 검이 된다//
우리들의 노래는 아직도/ 심기만 하면 거름이 된다."

한 방송 프로그램 진행자가 차분한 목소리로 들려준 이야기입니다. 그는 이런 질문도 던졌지요.

"검이 되거나 거름이 되거나 둘 중 하나라면 우리는 어떤 노래를 불러야 할까요?"

같은 물도 벌이 마시면 '꿀'이 되고 뱀이 마시면 '독'이 되듯이, 순간의 '감정'에 휘둘려 부른 노래는 '검'이 되고 일상의 '감사'에 기대어 부른 노래는 '거름'이 됩니다. 검보다 거름이 되는 말을 많이 하는 하루가 되면 좋겠습니다.

비정부기구NGO '피스메이커'의 총무 여삼열 목사에 따르면, 심각한 갈등이 일어날 때 사람들은 크게 세 가지 반응을 보인다고 합니다. 첫째, 회피적 반응입니다. 사람들은 도피와 외면 등의 방식으로 화평을 위장합니다. 둘째, 공격적 반응입니다. 사람들은 소송과 폭력 등의 방식으로 화평을 깨뜨립니다. 셋째, 화해하는 반응입니다. 사람들은 협상과 중재와 조정 등의 방식으로 화평을 지향합니다. 회피적 반응과 공격적 반응의 가장 극단적 선택이 바로 자신을 죽이는 자살과 상대를 죽이는 살인입니다. 모든 사람이 감사와 사랑을 선택해 '자살'을 '살자'로, '살인殺人'을 '활인活人'으로 바꾸는 화평의 피스메이커가 되면 좋겠습니다.

감사일기 전도사 이의용 교수의 설명에 따르면, 감사에도 색맹色盲이 있습니다. 감사를 보고 싶어도 못 보는 약시弱視, 당장 눈앞에 있는 감사만 보는 근시近視, 남의 감사는 잘 보지만 자기 감사는 못 보는 원시遠視, 감사를 보기는 하는데 초점을 맞추지 못하는 난시亂視, 감사의 핵심을 제대로 못 보는 착시錯視 등 증상은 다양합니다. 그럼 어떻게 시각 교정을 해야 할까요? 작은 감사를 발견하려면 감사 현미경, 광활한 감사를 발견하려면 감사 망원경, 미래 감사를 발견하려면 감사 타임머신이 필요할 겁니다. 하지만 우리에게 정말 필요한 것은 범사凡事에서 감사를 발견하는 감사 심미안이 아닐까요?

연꽃은 연못의 물이 너무 맑으면 보통 3~4센티미터 크기로밖에 피지 않지만, 진흙과 뒤섞여 탁해지면 도리어 최고 20센티미터나 되는 큼직한 꽃을 피운다고 합니다. 고난과 절망의 수렁이 때로는 성공과 행복을 키우는 요람이 될 수도 있습니다. 주변 곳곳에 우리를 집어삼키려는 고난과 위험의 늪지가 도사리고 있어도 절망에 빠져 불평만 늘어놓지는 마세요. 용기를 내어 범사에 감사할 때 절망은 희망으로, 불평은 기쁨으로 바뀔 수도 있을 테니까요. 바람이 불지 않을 때 바람개비를 돌리는 가장 좋은 방법은 앞으로 힘차게 달려나가는 것입니다. 오늘도 감사달인(감사로 달콤한 인생을 사는 사람)이 되기를 빕니다.

『한겨레』 초대 편집위원장 고故 성유보 선생이 1970년
대 언론자유를 외치다 투옥되었을 때의 일입니다. 선
생이 운동을 한다고 0.8평의 독방을 뱅뱅 돌았는데,
왜 그랬는지 한쪽 방향으로만 돌았다고 합니다. 출옥
이후 몸이 너무 좋지 않아 병원에 갔더니 장기가 모두
한쪽으로 쏠렸다는 진단을 받았지요. 그 뒤로 선생은
무슨 일을 도모할 때마다 꼭 반대로 따져보는 버릇을
들였습니다. 그리고 다른 사람의 생각, 사물과 사건의
이면을 보려고 노력하게 되었지요. 새는 양쪽 날개가
있어야 멀리 그리고 오래 날아갈 수 있습니다. 좌우지
간左右之間 감사를 선택하는 사람이 되면 좋겠습니다.

실패하는 입버릇

생태학자 최재천 교수는 한 신문 칼럼에서 '실패하는 입버릇'을 '성공하는 입버릇'으로 바꾸는 순간 인생이 180도 달라질 것이라고 주장했습니다. 최 교수는 우리가 인생을 살면서 절대 하지 말아야 할 세 마디도 소개했는데, "바쁘다, 힘들다, 죽겠다"였지요. 그런데 어떤 사람은 아예 이 세 마디를 3종 세트로 묶어서 "바빠서 힘들어 죽겠다"라고 말하며 산답니다. 〈개그콘서트〉 '고집불통' 코너에서 한 노인이 "죽겠다"는 말을 뱉으면 곧바로 저승사자가 나타나는 장면을 연상케 하지요. 불평의 '고집불통' 사회를 긍정의 '만사형통' 사회로 바꾸는 길, 감사미소(감사해요, 사랑해요, 미안해요, 소중해요) 인사 나누기를 실천하는 것입니다.

"네가 책을 읽어줘서 깨어날 수 있었어."

영화 〈책도둑〉에서 사경을 헤매다 살아난 유대인 청년 막스가 주인공 소녀 리젤에게 한 말입니다. 리젤은 나치의 추적을 피해 지하실에 숨어 있던 막스에게 책을 훔쳐다 읽어주고 바깥 풍경을 전해주었지요. 그런 리젤에게 막스는 글을 써보라고 격려합니다.

"너의 글 속에서 언제나 나를 찾을 수 있을 거야. 거기서 내가 살고 있을게."

이런 말을 남기고 떠난 막스에게 리젤은 외칩니다.

"잊지 않을 거야!"

누군가를 깨어나게 하려면, 그 사람을 잊지 않기 위해 글을 쓰려면, 먼저 읽어야 합니다. 아무도 영원히 살 수는 없지만 현명하게 살 수는 있지요. 현명하게 사는 가장 좋은 길, 독서입니다.

'요요현상'은 다이어트에 도전한 사람이 처음에는 체중 감량에 성공하지만 얼마 후에 예전 체중으로 다시 돌아가는 현상을 말합니다. 이시형 박사는 요요현상을 극복할 대안으로 '소식다동小食多動'을 제안했습니다. 적게 먹고 많이 움직이는 소식다동을 실천했기에 인류의 조상도 생존할 수 있었지요. 하지만 다수의 현대인은 수억 년에 걸쳐 인간의 유전자에 설계된 소식다동을 거부한 채 역주행을 거듭해 왔습니다. 많이 먹고 적게 움직이는 '다식소동多食小動'의 잘못된 습관을 버리지 않는다면 요요현상 극복은 요원할 겁니다. 부정과 불평은 적게 하고 긍정과 감사는 많이 하는 소불다감小不多感을 마음의 요요현상 극복법으로 추천합니다.

열린 소통

자신의 소통 스타일이 궁금하십니까?

윤대현 교수는 자신이 하는 말에 '다'로 끝나는 말이 많은지, '까'로 끝나는 말이 많은지 체크해보라고 권했지요. 마침표로 끝나는 '다'가 많다면 그것은 '닫힌 소통'을 하고 있다는 징후입니다. 반면에 물음표로 끝나는 '까'가 많다면 그것은 '열린 소통'을 하고 있다는 증거입니다. 질문을 던지는 열린 소통은 상대의 의견을 묻는 것이기에 저항이 적을 수밖에 없습니다. 나아가 질문과 대화를 통해 결론을 내리면 상대는 그것을 자신의 생각이라 여기게 되지요. 우리 일터를 대나무(대화와 나눔으로 얻는 무한 행복)와 소나무(소통과 나눔으로 얻는 무한 행복)가 울창한 토론 동산으로 가꾸면 어떨까요?

프랑스 철학자 몽테뉴가 남미의 인디오 추장을 만났
을 때 이렇게 물었지요.

"추장님, 당신의 특권은 무엇입니까?"

추장이 답했습니다.

"전쟁이 일어났을 때 가장 앞에 서는 겁니다."

아이젠하워가 책상 위에 끈을 놓고 부하 장군에게 말
했습니다.

"이것을 밀어보게."

부하가 밀었지만 끈은 잘 나가지 않았습니다. 아이젠
하워가 끈을 앞에서 당기며 말했지요.

"지도자는 이렇게 앞에서 이끌어야 한다네."

영국 총리를 19명이나 배출한 이튼 칼리지 교회에는
제1·2차 세계대전 중 선봉에서 싸우다 전사한 졸업
생 1,905명의 이름이 새겨져 있다고 합니다. 지위나
명예보다 책임과 희생을 앞세운 리더의 특권, 아무리
남용해도 용서받을 수 있지 않을까요?

동원산업(사장 이명우) 직원들과 함께 감사의 정의 내리기 게임을 했습니다.

- **거울** 나 자신을, 내 가족을, 내 주변을 돌아보게 만들어요(김종선)
- **양파** 까도 까도 계속 까지는 양파처럼 감사도 끝이 없어요. 그리고 눈물 나게 해요(권아람)
- **단비** 단비가 메마른 대지를 적셔주듯이, 감사는 무미건조해진 사람의 마음을 촉촉하게 적셔줘요(이재화)
- **인정** 감사는 상대의 존재 자체를 인정認定하는 것에서 시작해 인정人情을 나누는 것으로 완성되지요(배태희)

동원산업이 감사동행(감사해요 사랑해요 동원산업 행복해요)으로 소통풍어豊漁와 행복만선滿船의 기쁨을 누리기를 기원합니다.

거액의 복권에 당첨된 순간 사람의 행복도는 가파른 상승곡선을 긋습니다. 하지만 그 직후 행복도는 급격히 떨어지기 시작하고, 6개월이 흐르면 정확히 복권 당첨 이전의 상태로 돌아갑니다. 이런 회복력은 반대로도 적용되지요. 예컨대 교통사고를 당해 다리를 잃는 순간 사람의 행복도는 최저 수준으로 떨어집니다. 며칠 동안은 밥도 먹지 못하고 잠도 이루지 못합니다. 하지만 3개월이 지나면 밥맛이 돌아오고, 6개월이 지나면 원래의 상태로 돌아갑니다. 소냐 류보미르스키가 저서 『How to be happy 행복도 연습이 필요하다』에서 소개한 연구 결과입니다. 감사와 행복은 운수의 '종속변수'가 아닙니다. 감사와 행복 그 자체가 '독립변수'입니다.

"베풂은 지구상에 존재하는 가장 강력한 힘이다."

『왜 사랑하면 좋은 일이 생길까』의 저자 스티븐 포스트의 말입니다. 2008년 『사이언스』에 발표된 실험 결과는 그런 점에서 매우 시사적입니다. 심리학자들은 아침에 지폐를 주면서 실험 대상자 절반에게 지시했지요.

"이 돈을 전부 자기 자신을 위해 쓰시오."

반면에 다른 절반에게는 이렇게 지시했지요.

"이 돈을 전부 다른 사람을 위해 쓰시오."

그런데 저녁에 돌아온 실험 대상자 중 자신이 아닌 타인을 위해 돈을 썼던 사람들의 행복도가 더 증가한 것으로 나타났습니다. 하늘은 '스스로 돕는 자'도 돕지만 '남을 돕는 자'를 더욱 많이 돕지요. 인심人心이 천심天心입니다.

무관심

타인과의 관계에서는 비판보다 격려를, 분노보다 용서를 선택하는 것이 좋습니다. 그렇다면 정치 현실에 비판과 분노를 표출한 시민들을 어떻게 봐야 할까요? 러시아 시인 니콜라이 네크라소프의 시구 "슬픔도 노여움도 없이 살아가는 자는 조국을 사랑하고 있지 않다"가 발상 전환의 단서를 제공합니다. 어쩌면 우리가 정말 두려워해야 할 것은 사회문제에 대한 시민들의 무관심과 무기력인지도 모릅니다. 보수주의 사상가 에드먼드 버크도 "악이 승리하는 데 필요한 조건은 오직 선한 자들의 무관심"이라고 경고했지요. 미셸 오바마가 강조한 것처럼 "그들이 저급해도, 우리는 품격 있게When they go low, we go high" 행동하면 어떨까요?

"우리가 모두 영웅적인 행동을 할 필요는 없다. 우리는 아주 작은 일만 해도 된다. 그러면 역사의 어느 시점엔가 작은 일 수백만 개가 하나로 뭉쳐 변화를 가져온다."

『오리엔탈리즘』의 저자 에드워드 사이드가 던진 화두입니다.

"작은 일에도 정성을 다하는 사람만이 자신과 세상을 바꿀 수 있다."

영화 〈역린〉에서 정조의 명대사로 부활한 『중용』 23장의 한 구절입니다. 세상을 바꾸는 가장 효과적인 방법은 '나작지(나부터 작지만 지금부터)'입니다. 김선우 시인의 표현처럼 "한 방울씩 떨어지다 바위를 뚫는 낙수처럼, 비등점을 향해 차곡차곡 끓어오르는 물처럼" 정성을 다한다면, 나작지는 '너크지(너를 크고 지혜롭게)'로 진화하지 않을까요?

인생이란 패

"인생은 좋은 패를 가지고 있다고 해서 잘 되는 게임이 아니다. 때로는 안 좋은 패로 어떻게 게임을 잘 풀어나가는지가 중요하다."

가난에서 벗어나려고 밑바닥 체험을 소설로 썼던 미국 작가 잭 런던이 한 말입니다. 청춘에게 인생이란 패는 쉽게 던지면 안 되는 것이지요.

"꾸부러진 손가락으로 자네에게 주어진 패를 잔뜩 움켜쥐고 묘지에 들어서는 게 자랑은 아닐세."

최인훈의 소설 『광장』에서 정 선생이 주인공 이명준에게 한 말입니다. 노년에 인생이란 패에 집착하면 안 되지요. 그래서 현자들은 이렇게 충고했던 모양입니다. 인생을 '통제'하려고 하지 말고 인생이 나를 '통과'하도록 내버려두라고!

감사장인

오노 지로는 일본 도쿄 긴자에서 50년 넘게 스시 식당을 운영해왔습니다. 이 식당은 지하의 좁은 공간에 의자가 단 10개밖에 없는 곳이지만『미쉐린 가이드』에서 최고등급을 받았습니다.

"요리사의 눈길이 닿지 않는 곳에 손님을 모시면 신경을 쓸 수가 없지요."

오노는 인생의 마지막 순간까지 '어제보다 더 나은 스시'를 만드는 것이 꿈입니다.

"장인匠人은 같은 일을 매일 반복하는 사람을 가리키는 말이지요."

오노는 새벽부터 일어나 평생 동안 같은 일을 반복하면 실력이 점차 향상한다고 믿습니다. 아베 일본 총리가 최근 오바마 미국 대통령을 이 식당에 초대해 화제가 되었지요. '맛난 인생' 요리하는 '감사장인'을 꿈꾸어봅니다.

감사의 꽃씨

'독일 정원의 아버지'로 불리는 카를 푀르스터는 96년의 긴 생애 동안 수많은 혁명과 전쟁을 겪었습니다. 하지만 그런 격동기를 보내면서도 화초, 즉 꽃과 풀의 아름다움으로 평화로운 세상을 일굴 수 있다는 신념을 묵묵히 실천에 옮겼지요. 실제로 푀르스터는 세상에서 가장 아름다운 '일곱 계절의 정원'을 만들어냈습니다. 봄, 여름, 가을, 겨울 등 기존에 알려진 4계절은 물론이고 초봄, 초여름, 늦가을까지 세분해서, 이 모든 시기마다 늘 꽃이 피고 지며 변화하는 정원을 연출한 겁니다. '가시방석 인생'이 아닌 '꽃방석 인생'을 살고 싶다면 계절마다 '감사의 꽃씨'를 뿌려 '행복의 꽃밭'을 풍성하게 가꾸세요.

과 거 , 미 래 , 현 재

"매일매일을 열심히 살아야 한다. 오늘이 특별한 삶의
마지막 날인 것처럼."

리처드 커티스 감독의 로맨틱 코미디 영화 〈어바웃 타
임〉에 나오는 대사입니다. 주인공은 '과거'로 시간여
행을 떠나 자신의 실수와 부족함을 만회해 완벽한 사
랑 만들기에 성공하지만 진정으로 소중한 것은 현재
임을 깨닫습니다.

"이미 일어난 일은 못 바꿔요. 우리가 바꿀 수 있는 것
은 아무 것도 없어요."

김현석 감독의 SF스릴러 영화 〈열한시〉에 나오는 대
사입니다. 주인공은 미래로 시간여행을 떠나 확보한
CCTV에 담겨 있던 재앙의 순간을 바꾸어보려고 하지
만 그 뜻을 이루지 못합니다. 최선을 다해 '현재'를 사는
것만이 '과거'와 '미래'에 대한 최상의 예의 아닐까요?

인상파

모네, 드가, 세잔, 르누아르 등 프랑스 인상파 화가의
작품은 전 세계의 주요 박물관마다 걸려 있을 정도로
유명합니다. 하지만 세상에 알려지지 않았던 무명 시
절, 그들은 선택의 기로에 서야만 했지요.

"이제 그만 고집을 꺾고 살롱에 출품해 기성 화단의
인정부터 받으면 어떨까?"

"여기서 포기하면 안 돼! 기성 화단의 눈치를 보지 말
고 우리만의 독자적 그룹전을 계속 열어나가세!"

파리의 한 카페에 모여서 격론을 나눈 그들은 결국 자
신들의 스타일을 계속 밀고 나가는 길을 택했고, 덕분
에 미술사의 한 페이지에 뚜렷한 족적을 남길 수 있었
지요. 진정한 대가의 발걸음 스타일은 '빨리빨리'가
아니라 '뚜벅뚜벅'입니다.

〈SBS 스페셜-밥상머리의 작은 기적〉에는 하루 20분 밥상머리에서 오가는 가족의 대화가 아이의 미래를 바꾼다는 내용이 담겨 있습니다. "아이는 책을 읽을 때보다 10배 넘는 어휘를 식탁에서 배운다"(하버드대학교), "가족과의 식사 횟수가 적은 아이는 흡연이나 음주를 경험할 비율이 높다"(컬럼비아대학교)는 연구 결과도 소개되었지요. 멀리 갈 것도 없이 한국인은 사람의 도리와 예의를 모두 밥상머리에서 가르쳐 왔습니다. 독상을 받을 때는 '독립적 주체로 서는 법'을, 겸상을 할 때는 '타인과 더불어 사는 법'을 배웠지요. 주말 저녁마다 최고의 밥상머리 교육이 될 '고맙Day(가족끼리 감사를 나누는 날)' 이벤트를 하면 어떨까요?

홍수 예방법

가정과 일터에 다툼과 갈등의 홍수가 일어났습니까?
설상가상으로 신뢰와 소통의 강둑까지 터졌습니까?
불통과 불신의 납덩어리가 허우적대는 우리들을 물속
으로 잡아당기고 있습니까? 그렇다면 감사와 나눔의
뗏목에 당신의 모든 짐을 얹어보세요. 회복탄력성
Resilience의 부력浮力이 생겨나 불행과 파국의 물속으로
가라앉는 비극을 막아줄 테니까요. 이보다 더 중요하
고 시급한 과제는 미리 홍수에 대비하고 강둑을 보수
하는 일입니다.

네덜란드에는 소년의 작은 팔뚝이 물속에 잠길 뻔한
나라를 구했다는 이야기가 있습니다. 평소 작은 감사
표현을 소중히 여기고 실천에 옮길 때, 우리 가정과 일
터를 다툼과 불행의 쓰나미에서 지켜낼 수 있습니다.

무럭무럭, 주렁주렁

서울시 영등포구 대림동 영남중학교 학생들과 함께
감사의 정의 내리기 게임을 했습니다.

- 숙제 다 끝내고 나면 기분이 좋아지니까(강한결)
- 일기 일기처럼 매일 쓸수록 나에게 도움이 되는 좋은 도
  구이므로(김명지)
- 반성 누군가에게 감사하면 그 사람에게 했던 행동을 되
  돌아보게 되므로(이채원)
- 기분 좋은 일 감사는 받아도, 주어도 기분이 좋아져요
  (이지선)
- 나무 나무가 계속 자라면 가지 끝에 열매가 달리는 것처
  럼 감사도 계속 쓰다 보면 긍정적인 마음, 사람들과의
  좋은 관계라는 열매가 주렁주렁 달리므로(이성빈)

한 학기 동안 감사 쓰기로 키워낸 영남중학교 학생들
의 감사나무가 앞으로도 무럭무럭 자라면 좋겠습니다.

침묵 연설

2011년 미국 애리조나 총기난사사건 당시의 일입니다. 추도식에서 연설을 하던 버락 오바마 대통령은 희생된 아홉 살 소녀를 언급하고, 51초 동안 침묵으로 애도의 뜻을 표했습니다. 그런데 평소 그가 달변을 토해도 비난과 조롱을 일삼던 많은 정적政敵이 도리어 찬사와 칭송의 박수를 보냈지요. 말하기 전에 먼저 듣는 것이 순서입니다. 듣지 않고는 말할 수 없기 때문이지요. 오바마의 '침묵 연설'은 때로는 침묵과 경청이 웅변보다 설득력 있다는 사실을 생생하게 보여주었습니다. 싸우지 않고 이기는 것이 진정한 승리이듯이, 말하지 않고도 상대의 마음을 여는 것이 가장 탁월한 연설입니다. 우리의 언어가 우리 자신과 타인의 영혼을 구속하는 '굴레'가 아니라 우리의 영혼을 자유롭게 해방시키는 힘찬 '날개'가 되면 좋겠습니다.

절 대 포 기 하 지 말 자

"바위는 아무리 강해도 죽은 것이고 계란은 아무리 약해도 산 것이다. 바위는 부서져 모래가 되지만 계란은 깨어나 그 바위를 넘는다."

영화 〈변호인〉에 나오는 대사입니다. 사법고시 공부를 중도 포기한 주인공 송우석(송강호 분)은 생활비를 버느라 막노동을 합니다. 하지만 갓 태어난 아들의 얼굴을 보고 마음을 바꾸어 헌책방으로 달려가 팔았던 교재를 되찾아오지요. 아파트 신축현장에 돌아와 교재를 펼치자 매직으로 써놓은 글자가 나타납니다.

"포기하지 말자."

주인공은 결심을 더욱 굳히려고 아파트 벽에 글자를 새겨 넣습니다.

"절대 포기하지 말자."

오늘도 우리의 '행복 시계'를 멈추지 않게 하려면 '감사 태엽'을 단단히 되감아야겠습니다.

"얼굴 전체가 종기로 뒤덮인 남성에게 그가 키스했을
때, 이슬람 국가의 왕비에게 그가 고개 숙여 인사했을
때, 그것은 가톨릭교회를 넘어서는 울림을 줬다."

2013년 시사주간지 『타임』이 프란치스코 교황을 '올
해의 인물'로 선정하며 밝힌 내용입니다. '빈자貧者를
위한 가난한 교회'를 표방한 교황은 "교회가 거리로 나
가서 상처받고 더러워지는 것을 두려워하지 말자"라
고 권고했지요. 풀을 베어야 새로 움이 돋습니다. 새로
움이 돋는 것이 '새로움'입니다. '롤리랄라(문제를 만
드는 사람)'로 불렸던 넬슨 만델라도 말년에는 '마디바
(존경받는 어른)'가 되었지요. 세상의 편견에 맞서 고난
의 십자가를 기꺼이 짊어진 리더를 위해 기도합니다.

러브 액츄얼리

열한 가지 사랑을 옴니버스 방식으로 그려낸 영화 〈러
브 액츄얼리〉는 사랑의 세 가지 마력을 보여줍니다.

첫째, 소통하게 만듭니다.

"너를 바래다 줄 때가 가장 즐거워." (영어)

"당신을 떠날 때가 제일 슬퍼요." (포르투갈어)

제이미(콜린 퍼스 분)와 오렐리아(루시아 모니스 분)는 각
자의 모국어로 말하지만 상대의 진심을 알아챕니다.

둘째, 행동하게 만듭니다. 오렐리아는 바람에 날려간
제이미의 원고를 위해, 제이미는 오렐리아를 구하려
고 호수에 뛰어듭니다.

셋째, 변화하게 만듭니다. 제이미는 포르투갈어로 청
혼하고, 오렐리아는 영어로 수락합니다. 소통하고, 행
동하고, 변화하는 사람에게 사랑은 어디에나 있습니
다Love actually is all around.

한국인삼공사는 화이트데이에 〈삼삶스토리〉 블로그를 통해 여자친구에게 홍삼캔디를 전달하는 방법을 소개해 왔습니다. 하지만 고객의 반응은 싸늘하기만 했지요. 다시 화이트데이가 돌아오자 마케팅 담당자는 반쯤 포기하는 심정으로 홍삼캔디 선물 방법을 고객이 직접 댓글로 다는 이벤트를 실시했습니다. 그런데 예상을 깨고 고객들이 폭발적 반응을 보였지요. 2013년 신조어 DIYDo It Yourself는 '자신이 직접 만들어 쓰는 것'을, RIYRepair It Yourself는 '기성품을 취향에 맞게 손보거나 고장 나면 수리해서 쓰는 것'을 말합니다. 자신이 직접 참여하고 수고할 때 기쁨과 보람을 느끼는 사람의 심리에 주목하면 어떨까요?

3불　전략

자유란 무엇일까요? 이진경은 『삶을 위한 철학 수업』
에서 이렇게 규정했지요.

"여러 가지 그럴 듯한 선택지의 유혹 앞에서도 '자신
이 하고자 하는 것'을 하는 능력이고, 이런저런 제약과
구속 속에서도 '자신이 원하는 방식'으로 살 수 있는
능력이다."

약소국 베트남이 프랑스, 미국, 중국 등 강대국과 싸워
서 이길 수 있었던 비결은 무엇일까요? 20세기를 대표
하는 위대한 군사전략가 보응우옌잡武元甲, Vo Nguyên
Giap은 '3불三不 전략'을 승리의 비결이라고 밝혔지요.

"나는 적이 원하는 시간, 적이 싸우고 싶어 하는 장소,
적이 생각하는 방법으로 싸우지 않았다."

따라서 자유 없는 세상, 전략 없는 전투, 감사 없는 인
생은 피하는 것이 상책입니다.

'세이레의 기적'을 아시나요?

하이패밀리 송길원 대표는 '아이가 태어난 후 21일 동
안'을 의미하는 세이레(3×7=21)에 담긴 네 가지 의미
를 이렇게 설명했지요.

① 조상들은 면역체계가 형성되는 21일이 지나서야
   아이를 밖으로 내보냈다.

② 계란 부화에 소요된 21일은 낡은 습관의 껍질을 깨
   고 새로운 습관을 탄생시키는 시간이기도 하다.

③ 인간 영혼의 무게도 21그램이다. 스웨덴의 룬데 박
   사팀이 정밀컴퓨터 제어장치를 이용해 임종하는
   환자의 체중 변동을 측정했더니 21.26214그램이
   었다.

④ 병뚜껑 주름도 21개일 때 가장 견고하게 밀봉된다.

세이레(21일)의 감사 실천으로 감사의 면역성, 습관성,
진정성, 견고성의 네 마리 토끼를 잡으세요.

"재능보다 훨씬 더 중요한 다른 성공비결이 있다면 그 것은 무엇일까?"

미국 펜실베이니아대학교 심리학과 교수 앤절라 리더크워스가 젊은 시절 몰두한 주제였지요. 이후 그녀는 미 전역을 돌면서 성공 DNA를 연구했습니다.

"성공할 것으로 예측된 사람들은 한 가지 공통점을 가지고 있었다. 그것은 좋은 지능IQ도 뛰어난 외모도 아니다. 바로 그릿Grit이다!"

더크워스는 세계적 지식강연 TED에 나와 그 비밀을 이렇게 공개했지요. '기개', '투지', '용기'로 번역되는 그릿은 '자신이 세운 목표를 향해 꾸준히 노력하는 능력'을 의미합니다. '행복 몸짱'으로 살고 싶다면 '마음 근력'부터 키워야겠습니다.

바이러스는 자신과 똑같은 모습을 복제하는 능력은 뛰어나지만 스스로의 힘만으로는 성장하지 못합니다. 다른 생명체를 숙주宿主로 삼아야만 살아갈 수 있는 바이러스가 '매체'라면 DNA는 생명의 본질이자 '주체'라고 할 수 있지요. DNA가 정수精髓, 기질基質, 핵심, 바탕 등의 의미로도 쓰이는 이유입니다. 인간의 DNA는 '뒤틀린 사다리'처럼 생겼습니다. 그런데 약 100조 개의 세포에 들어 있는 DNA를 이으면 그 길이가 얼마나 될까요? 약 4만 킬로미터인 지구 둘레보다 훨씬 더 길고, 38만 킬로미터 떨어진 달에도 몇 번이나 오갈 수 있을 정도라고 합니다. 각자가 소우주小宇宙인 우리는 '감사 바이러스'를 넘어 '감사 DNA'가 되어야 하지 않을까요?

"가장 외로운 사람이 가장 친절하고, 가장 슬픈 사람이 가장 밝게 웃는다. 그리고 가장 상처 입은 사람이 가장 현명하다. 왜냐하면, 그들은 남들이 자신과 같은 고통을 받는 것을 원치 않는다."

영화 〈소원〉에 나오는 문구입니다.

사회신경과학 창시자 존 카치오포는 『인간은 왜 외로움을 느끼는가』에서 "외로움을 많이 느끼는 사람일수록 타인에게 배려할 때 더 큰 쾌감을 느낀다"고 했지요. 일본의 저술가 가와키타 요시노리도 『성공하는 인생은 고독을 두려워하지 않는다』에서 "고독과 마주서는 것이 인간이 더욱 강해지고 풍요로워지는 원천"이라고 했지요.

감사일기 쓰기는 고독을 인생의 강력한 무기로 만드는 가장 좋은 비결입니다.

당당하고 행복하게

봄꽃은 아무리 예뻐도 주워가지 않지만, 잘 물든 단풍은 책갈피에 꽂아서 보관합니다. 그런 단풍이 되려면 노욕을 부리지 말아야 하지요. '행복을 위해 준비한다'는 말은 한 번도 행복을 맛보지 못한 사람들이 하는 말입니다. 준비만 하다가 한 번도 행복해하지 못한 채 죽을 건가요? 바로 당장 지금부터 행복해야 합니다. 혼자 살면 혼자 살아서 좋고, 같이 살면 같이 살아서 좋습니다. 늙으면 늙어서 좋고, 죽으면 죽어서 좋습니다. 이렇게 긍정적으로 생각해야 생로병사生老病死도 무섭지 않습니다.

법륜 스님이 노후를 불안하게 여기는 사람들에게 들려준 말입니다. 하루를 살더라도 당당하고 행복하게 살아야겠습니다.

군산 영광여고 감사 동아리(지도교사 임순영) 학생들과 함께 감사의 정의 내리기 게임을 했습니다.

- **학교** 등교하기 전에는 귀찮지만 일단 학교에 오면 즐거운 것처럼 감사 쓰기도 하고 나면 뿌듯하고 즐거우니까 (정다빈)
- **금요일** 행복한 주말을 기다리며 하루하루 기대감을 가지고 살아갈 수 있으므로(이지나)
- **물감** 내 인생이라는 하얀 도화지를 아름답고 행복하게 물들일 수 있기 때문(이윤진)
- **뜀틀** 불평이 넘쳤던 과거의 나를 훌쩍 뛰어넘으며 성장할 수 있게 해주므로(이아라)
- **가족** 늘 내 옆에서 묵묵히 나를 지켜주는 힘이니까(장혜원)

군산 영광여고 학생들이 감사로 이 세상에 영광을 돌리는 복된 인생을 살아가기를 기원합니다.

빈틈

이란에서는 아름다운 문양으로 섬세하게 짠 카펫에
의도적으로 흠을 하나 남겨놓습니다. 그것을 '페르시
아의 흠'이라고 부릅니다. 아메리카 인디언들은 구슬
목걸이를 만들 때 반드시 깨진 구슬을 하나 꿰어 넣는
다고 합니다. 그것을 '영혼의 구슬'이라고 부릅니다.
제주도의 돌담은 여간한 태풍에도 무너지지 않습니
다. 돌과 돌 사이 틈새로 바람이 지나가기 때문입니다.
인간관계도 마찬가지입니다. 다른 사람이 비집고 들
어설 빈틈이 있어야 상대와 주변 사람들이 편안하게
호감을 느낍니다. 오늘도 사랑하는 마음으로 끊어지
지 않는 '믿음'의 날실에 '이해'라는 구슬을 꿰어가는
성공적인 하루가 되기를 빕니다.

서울아산병원 간호부(부원장 김연희)의 감사운동이 지난 2년 동안 가져온 긍정의 변화가 사회적 주목을 받고 있습니다.

입사 100일이 되는 날 '감사 백일잔치'를 열어주자 신입 간호사 사이에서 나돌던 '지옥의 6개월'이라는 은어가 사라졌습니다. '감사해요 우체통'을 활용해 병원의 다른 파트 구성원들과 소통하자 부서 간 마음의 장벽이 무너지기 시작했습니다. 환자와 보호자에 대한 격려와 감사의 메시지를 '감사나무'에 붙이거나 읽어주자 감동적인 답장이 쏟아져 들어왔습니다. "낙상하면 안 돼요"란 말투를 "낙상하지 않아서 감사합니다"로 바꾸자 실제로 낙상 사고가 감소했습니다.

2016 아시아미래포럼에서 행복일터상을 수상한 서울아산병원을 축하해주세요.

독일 나치 정권이 세운 아우슈비츠 수용소로 일군의
유대인이 끌려가고 있었습니다. 공포에 질린 유대인
을 가득 태운 열차 안에서 한 젊은이가 절규했습니다.
"신이시여, 내가 도대체 무슨 죄를 지었습니까? 나는
아무것도 하지 않았는데 이들은 왜 나를 잡아가는 겁
니까?"
그러자 구석에 앉아있던 한 노인이 나지막한 목소리
로 말했습니다.
"젊은이, 자네가 아무것도 하지 않았기 때문에 세상이
결국 이렇게 된 것이라오."
자신이 살고 있는 시대와 세상에 진정으로 감사하는
사람은 부당한 침해를 받을 때 침묵, 회피, 방관하지
않고 항거합니다. '행동하는 감사'를 실천해 나라를
지킨 선열들에게 깊이 감사합니다.

책과 꽃

올더스 헉슬리의 소설 『멋진 신세계』에서는 인간 계급
이 미리 정해집니다. 최상위 알파 계급 자녀들은 지배
층으로 성장하고, 최하위 엡실론 계급 아이들은 청소
같은 잡일을 맡아도 불만이 없지요. 그런데 지배층은
엡실론 계급의 아이들이 생후 8개월부터 책과 꽃을 증
오하도록 가르칩니다. '오랑캐 땅에는 꽃도 풀도 없으
니, 봄이 와도 봄 같지 않다胡地無花草 春來不似春'는 고사는
그래서 시사적입니다. '감사 꽃'이 피지 않고 '나눔
풀'이 돋지 않으면 진짜 '멋진 신세계'가 아닙니다. 책
과 꽃을 사랑하는 사람만이 정의를 누리며 살아갈 권
리가 있습니다. 아내가 화병에 꽂아 놓은 노란 프리지
아 향기가 거실을 가득 채워서 감사합니다.

엘리너 루스벨트

미국 역대 퍼스트레이디 중에서 대중에게 가장 많은
사랑을 받은 엘리너 루스벨트는 어떤 상황에서도 비
관적인 언어를 사용하지 않았습니다. 여섯 자녀 중 한
아이가 죽었을 때도 이렇게 기도했다고 합니다.

"신이여, 아직도 저에게는 사랑하는 아이가 다섯이나
있습니다."

소아마비로 하반신 장애인이 된 남편 프랭클린 루스
벨트 대통령이 말년에 휠체어 옆에서 간호하던 엘리
너에게 농담을 던졌습니다.

"당신은 불구인 나를 아직도 사랑하오?"

그녀는 이렇게 되물었습니다.

"내가 언제 당신의 다리만 사랑했나요?"

'절망의 닻'에 걸리는 인생이 아니라 '희망의 돛'을 올
리는 능동적 인생을 살아야겠습니다.

5분만 더

나는 성장할 수 있다

오직 내가 도달할 수 있는 높이까지만

나는 갈 수 있다

오직 내가 추구하는 거리까지만

나는 볼 수 있다

오직 내가 살펴볼 수 있는 깊이까지만

나는 될 수 있다

오직 내가 꿈을 꾸는 정도까지만

● 작자 미상

『믿는 만큼 이루어진다』의 저자 노먼 빈센트 필은 말했습니다.

"당신의 CAN'T에서 T를 지워버려라. 그러면 어떤 역경이라도 극복할 힘을 기를 수 있다."

나폴레옹은 말했습니다.

"보통 사람과 영웅의 차이는 단 5분에 불과하다. 보통 사람이 5분만 더 용감하면 영웅이 될 수 있다."

지금 포기하고 싶습니까? 5분만 더 용기를 내보세요!

"아내에게 100감사 쓰기를 계기로 주변에 감사를 자꾸 표현하자 마음이 너그러워지고 상대가 사랑스러워졌다. 반원들에게도 최선을 다하자는 생각이 진심으로 우러났다."

삼성중공업 블록물류팀 천종우 반장의 고백입니다. 그는 전체 반원에게 50감사를 쓰고, 그들과 함께 거래처 임직원에게 100감사를 선물했습니다. 그러자 '밉상 아내'가 '곱상 아내'로 바뀌었고, '꼴통 사원'은 '소통 사원'이 되었지요. 덩달아 회식 문화도 변했습니다.

"밥과 술을 사주는 것보다 감사 표현의 효과가 더 크다는 것을 실감했다."

'석사 위에 박사, 박사 위에 밥사, 밥사 위에 감사'라는 유머가 있지요. 감사 표현이 '절레절레'를 '끄떡끄떡'으로 바꾸어줍니다.

말 의 열 매

한 시각장애인이 거리에서 구걸을 하고 있었습니다.
그의 앞에 놓인 팻말에는 이런 문구가 적혀 있었지요.
"나는 장님입니다. 제발 도와주세요."
하지만 하루 종일 앉아있어도 얻은 것은 동전 몇 닢이
전부였습니다. 어느 날 젊은 여인이 팻말을 바라보더
니 뒷면에 뭔가를 써 주었습니다. 새 문구를 본 많은
행인이 동전은 물론이고 지폐까지 건네주기 시작했습
니다. 인터넷에서 화제가 되었던 동영상 내용인데, 마
지막 화면에 클로즈업된 팻말에는 이런 문구가 적혀
있었지요.
"아름다운 날입니다. 그리고 난 그것을 볼 수가 없네요."
문제가 꼬이는 '머피의 법칙'을 문제가 풀리는 '샐리
의 법칙'으로 바꾸고 싶다면 말투부터 바꾸어보세요.

엎드림, 업드림

김수환 추기경과 아동작가 정채봉 선생이 생전에 이런 문답을 나누었습니다.

"사람에게 고통이 없다면 어떻게 될까요?"

"몸만 자라고 마음은 자라지 않겠지요."

따라서 지금 누군가 고통을 겪고 있다면 그것은 마음이 자라고 있다는 반증일 겁니다. 아이의 몸이 '성장통' 없이 자라지 않듯이 어른의 마음도 '성숙통' 없이 자라지 않지요. 유머코치 최규상은 "고통을 피할 수 있다면 좋겠지만, 피할 수 없다면 긍정으로 해석하고 성숙의 디딤돌로 삼으라"고 권유합니다. 그래도 고통이 우리에게 굴종을 강요한다면 차라리 엎드려 기도할 일입니다. '엎드림'은 '업드림Up-Dream'의 도약대가 되고, '기도'는 '기쁨'의 반석이 되어줄 테니까요.

"인생의 목적은 이기는 것이 아니다. 인생의 목적은 성장하고 나누는 것이다."

위대한 랍비 해럴드 쿠슈너의 말입니다. 쿠슈너는 이런 말도 덧붙였지요.

"인생에서 해온 모든 일을 되돌아볼 때, 당신은 다른 사람을 이긴 순간보다 그들의 삶에 기쁨을 준 순간을 회상하며 더 큰 만족을 얻을 것이다."

결국 '성공과 독점'은 파국을 향해 달려가는 열차일 뿐이니 어서 빨리 '성장과 나눔'에 눈떠야 한다는 메시지입니다. 사우디아라비아에는 "손님이 오지 않는 집에는 천사도 오지 않는다"는 속담이 있다고 합니다. 천사를 만나고 싶다면 걸인도 손님으로 대접하세요. 성공보다 성장, 독점보다 나눔에 초점을 맞추는 인생을 살아야겠습니다.

"아첨해 보아라. 그러면 당신을 믿지 않게 될 것이다. 비난해 보아라. 그러면 당신을 좋아하지 않게 될 것이다. 무시해 보아라. 그러면 당신을 용서하지 않게 될 것이다. 격려해 보아라. 그러면 당신을 잊지 않게 될 것이다."

이미지 설계 전문가 이종선이 『멀리 가려면 함께 가라』에서 소개한 윌리엄 아서 워드의 말입니다. 그렇다면 우리는 아첨, 비난, 무시, 격려라는 네 가지 행위 중에서 무엇을 선택해야 할까요?

누에는 자신의 입에서 나온 실로 집을 지으며 살고, 사람은 자신의 입에서 나온 말로 삶을 꾸리며 삽니다. 집 밖으로 나서면 모든 사람을 큰 손님 섬기듯이 하되, 아첨과 격려를 구별할 줄 아는 지혜로운 사람이 되기를 소망합니다.

건국대병원(원장 양정현) 간호사들과 함께 감사의 정의
를 내려 봤습니다.

- **어머니** 고마움과 동의어니까(이용정)

- **반창고** 마음의 상처에 붙이면 치유되지요(이영옥)

- **하모니** 감사의 음흄과 음흄이 우리를 춤추게 하므로(성
  보람)

- **룰루랄라** 입안에서 흥얼거리듯 감사 표현도 그렇게 할
  래요(김선이)

- **고구마** '고' 마음을 '구' 석구석 전하면 '마' 음이 따뜻해
  요(정현정)

- **눈물** 환자들이 고맙다고 말하면 나도 고마워 눈물이 나
  므로(송영혜)

- **새생명** 암에 걸린 후 감사의 마음이 없었다면 지금의 나
  는 존재하지 않았겠죠?(이화진)

어머니 마음과 고구마 정신으로 행복공화국을 건국해
볼까요?

장모님의 77회 생신을 축하하는 자리를 마련한 적이
있습니다. 금일봉, 꽃다발과 함께 감사장을 전달하는
순서도 있었는데, 다음은 큰처남이 대표로 낭독한 감
사장의 전문입니다.

"조건 없이 사랑해주시고, 지켜주시고, 믿어주시고,
기댈 언덕이 되어주신 어머니 덕분에 오늘의 저희들
이 있습니다. 앞으로도 정직하고 성실하게, 건강하고
행복하게 살아가겠습니다. 어머니 은혜에 보답하며
살아가겠습니다. 77회 생신을 축하드리며 만수무강을
기원합니다."

평생을 정직하고 성실하게 살아오신 장모님에게 제일
먼저 전달한 인사말은 '감사'와 '사랑'이 아니라 '사
과'였지요. 죄송해요! 감사해요! 사랑해요! 소중해요!

불교 경전 『잡보장경』에는 '무재칠시無財七施'가 있습니다. 재산이 없어도 남에게 베풀 수 있는 일곱 가지 선행을 가리킵니다. 그에 대한 설명은 다음과 같습니다.

- **신시**身施 몸으로 하는 봉사
- **심시**心施 타인이나 다른 존재에 자비심을 갖는 것
- **안시**眼施 온화한 눈길을 갖는 것
- **화안시**和顏施 항상 부드럽고 온화한 얼굴을 하는 것
- **언시**言施 친근미 넘치는 언어로 말하는 것
- **상좌시**牀座施 자기 자리를 양보하는 것
- **방사시**房舍施 내 집을 남에게 숙소로 제공하는 것

무재칠시의 특징은 마음만 먹으면 누구나 일상에서 실천할 수 있다는 것이지요. 부처님 대하듯 타인을 대하면 어떨까요?

'대大학생 vs 대對학생'.

한 대학생이 신문에 기고한 칼럼 제목입니다. 대학大學
을 한자로 쓰려면 앞에다 '큰'이라는 의미의 '大' 자를
붙여야 합니다. 이로써 대학생은 '큰 학문을 하는 학
생'이라는 의미를 갖지요. 하지만 현실은 그렇지 않답
니다. 현재 대학생은 '학문을 수단으로 대對할 뿐 그
이상을 추구하지 않는 학생'이라고, 이 청년은 통렬하
게 고백하며 고발했지요.

연세대학교 철학과 윤병태 교수의 주장에 따르면 큰
대大는 불 화火에서 유래했다고 합니다. 대학에는 '큰
학문을 함'이라는 뜻 외에 '불같이 학문을 함'이라는
뜻도 있다는 말이지요. 열정의 불꽃이 활활 타오르는
대학의 부활을 기대해봅니다.

"모든 사람의 인성의 광산에는 미덕의 보석이 박혀 있다. 하지만 원석 상태인 보석을 꺼내 어떤 성질과 특징을 가지고 있는지 제대로 파악하고 연마하지 않으면 빛나지 않는다."

한국버츄프로젝트 김영경 대표가 설명한 버츄프로젝트의 철학입니다. 1970년대 중반 북미에서 학교 인성교육의 일환으로 개발된 버츄프로젝트는 현재 한국을 비롯해 세계 100개국에 전파된 상태입니다. 정직, 성실, 용기, 열정, 배려, 존중, 감사, 사랑 등 미덕을 적어놓은 버츄카드 52장 중 한 장을 뽑아 읽고 묵상한 다음 하루를 시작하는 사람이 많아졌다고 합니다. 오늘은 키케로가 "모든 미덕의 어머니"라고 말했던 감사 카드를 뽑으면 좋겠습니다.

아버지의 비밀서랍

한 10대 소년이 아버지의 비밀서랍을 열어보고, 그 속
에서 음란 비디오와 성인 잡지를 발견해 자기도 보았
다고 친구에게 자랑처럼 이야기했습니다. 그 말을 들
은 친구는 집으로 돌아가 자기 아버지의 비밀서랍 안
에는 무엇이 들어 있는지 열어보았습니다. 서랍에 든
것은 감사일기였는데, 일기장에는 매일매일의 감사와
기도 제목이 빼곡했지요. 특히 기도 제목에 아들인 자
신의 이름이 하루도 빠지지 않고 기록되어 있는 것을
발견하고 벅찬 감동을 느꼈습니다.

'우리 아버지의 마음속에는 항상 감사가 있고 내가 있
구나.'

나의 비밀서랍에는 과연 무엇이 들어 있는지 돌아볼
일입니다.

제갈량과 홍타이지

제갈량이 위나라 군대와 최후의 일전을 앞두고 있었습니다. 행군 도중에 강풍이 불어 군기軍旗가 꺾였는데, 제갈량은 이를 불길한 징조로 받아들였습니다. 결국 전장에서 병을 얻은 제갈량은 제대로 싸워보지도 못하고 허무한 최후를 맞이했지요.

청나라 제2대 황제 홍타이지가 명나라 군대와 최후의 일전을 앞두고 있었습니다. 식사 도중에 밥상 다리가 부러지자 주변에서 불길한 징조라고 수군댔지만, 홍타이지는 무릎을 치며 외쳤습니다.

"이것은 나무 소반이 아니라 명나라 궁중의 황금 소반에 밥을 먹으라는 하늘의 계시다."

결국 홍타이지는 명나라 군대를 격파하고 중원의 패자가 되었지요. 포기는 포기하고, 희망은 희망하는 하루가 되기를 바랍니다.

심벌즈

"황새는 날아서/말은 뛰어서/달팽이는 기어서/새해 첫날에 도착했다."
광화문 교보생명 빌딩 글판에 올랐던 시인데, 원작의 마지막 구절은 결정적 반전을 선물하지요.
"바위는 앉은 채로 도착해 있었다."
'자주 연주되지 않는 심벌즈라는 악기를 통해 인생을 은유하는 작품을 써 보라. 배우는 2명만 등장시킬 것.'
극작가 이강백이 학생들에게 내준 과제입니다. 이런 과정을 거쳐 만든 연극 〈쟁!〉에는 다음과 같은 대사가 나오지요.
"심벌즈 연주자처럼, 박자를 세면서 기다리다가 절정의 순간에 '쟁' 하고 울릴 그날이 누구에게나 온다."
중요한 것은 속도와 빈도가 아니라 심도와 밀도입니다. '긴 침묵 속 큰 울림'의 메시지로 또 하루를 시작해 봅니다.

"창랑의 물이 맑으면 갓끈을 씻고, 창랑의 물이 흐리면 발을 씻는다."

공자는 이 노래를 다음과 같이 풀이했지요.

"물이 먼저 흐려지면 누군가 함부로 발을 씻는 것처럼, 내가 먼저 나를 업신여기면 남도 나를 업신여긴다."

『대학大學』에도 비슷한 구절이 나옵니다.

"고요한 뒤에야 안정이 되며靜而後能安, 안정된 뒤에야 생각할 수 있고安而後能慮, 생각한 뒤에야 얻을 수 있다慮而後能得."

수면이 잔잔해야 달빛을 품을 수 있듯이, 마음이 평온해야 행복도 담을 수 있지요. 내 인생의 3불(과거-불평, 현재-불만, 미래-불안)을 3감(과거-감사, 현재-감사, 미래-감사)으로 바꾸면 수심愁心이 수심修心을 거쳐 수신修身으로 이어집니다.

아인슈타인의 고백

"인생은 두 가지밖에 없다. 하나는 기적 같은 것은 없다고 믿는 삶, 다른 하나는 모든 것이 기적이라고 믿는 삶이다. 내가 생각하는 인생은 후자다."

위대한 과학자 아인슈타인의 말입니다. 실제로 그는 없는 것을 탓하지 않고 있는 것에 감사한 덕분에 과학사에 남을 많은 기록을 세울 수 있었습니다.

"날마다 수백 번씩 '감사합니다'라고 말했더니 여기까지 왔습니다."

아인슈타인이 말년에 고백한 성공비결입니다. 실제로 그는 자기보다 앞서 위대한 발견을 위해 고투한 과학자들의 노고와 열정을 항상 기억하고 감사를 표했습니다. 기적은 기적을 믿는 사람에게, 기록은 기억하는 사람에게 주는 선물입니다.

(주)한미글로벌 행복경영 담당자인 오기민 부장은 '가
나다라~'에 맞춰 장인·장모님께 감사를 표현한 적
이 있습니다.

> 바쁘고 힘들지만 열심히 사시는 모습을 보고 배울 수
> 있음에 감사
> 사위를 항상 믿고 응원해주심에 감사
> 자주 연락드리지 못하지만 도리어 기도해주심에 감사

문득 최숙희의 동화책 『행복한 ㄱㄴㄷ』이 떠올랐습니
다. 이 동화책은 일상에서 자주 사용하는 말을 등장시
켜 아이들에게 한글을 가르쳤지요. 예를 들면 ㄱ은
'고마움', ㄴ은 '나눔', ㄷ은 '도움'을 핵심어로 선택했
습니다. 저자는 마지막 자음인 ㅎ의 핵심어로 '행복'
을 골랐더군요. 우리 인생의 처음과 끝도 '감사'와 '행
복'으로 배열할 수 있으면 좋겠습니다.

마음에도 저울이 있습니다. 그래서 가끔씩 저울의 바늘이 가리키는 마음의 무게를 점검해봐야 한다고 주장하는 사람도 있지요. '열정'이 무거워져 '욕심'을 가리키지 않는지, '사랑'이 무거워져 '집착'을 가리키지 않는지, '주관'이 무거워져 '독선'을 가리키지 않는지, '자신감'이 무거워져 '자만심'을 가리키지 않는지 꾸준하게 체크하자는 겁니다. 그러니 마음이 조금 무거워졌다고 느낄 때는 저울의 바늘이 가리키는 수치가 얼마나 되는지 들여다보세요. 마음의 저울을 잘 관리해야 중용을 지키며 품격 있는 인생을 살 수 있지요. 마음에도 다이어트가 필요합니다.

동치미

인하대병원 간호본부(본부장 이수연) 워크숍 참가자들
과 함께 감사의 정의를 내려보았습니다.

- 동치미 어떤 음식과도 잘 어울리고 먹으면 속이 뻥 뚫리
  니까(장수희)
- 옹달샘 아무리 퍼내도 다시 차오르므로(김애경)
- 산들바람 감사를 나누면 기분이 상쾌해져요(김영신)
- 보물상자 열어볼 때마다 행복하므로(어강희)
- 자신감 처음에는 쑥스러워 작은 목소리로 시작하지만
  익숙해지면 우렁차고 당당해지니까(김수미)
- 모닥불 따스한 긍정의 온기를 나눠줘요(곽경선)
- 도미노 서서히 그러나 반드시 변화시키죠(박정아)

감사를 입력하면 감사가 출력되듯Thanks In, Thanks Out,
감사하니 또 감사할 일이 생기는 선순환 인생을 살면
좋겠습니다.

사랑의 힘

인도의 한 마을에서 있었던 일입니다. 이 마을에서 도시까지는 직선거리로 15킬로미터였지만 중간에 돌산이 버티고 있어서 70킬로미터나 돌아가야 했습니다. 농부 다슈라트 만지는 그 산을 망치와 정으로 깎아내리기 시작했습니다. 급히 치료를 받아야 하는 아내가 먼 길을 돌아서 도시의 병원으로 가다가 죽은 다음부터였지요. 사람들은 비웃었지만 만지는 하루도 쉬지 않고 돌산을 깎아내렸고, 마침내 22년 만에 기적이 일어났습니다. 산 정상에 길이 110미터, 너비 9.1미터의 도로가 뚫린 겁니다. 때로는 한 사람에 대한 사랑이 전 인류를 구원하지요. '사랑의 힘'을 믿으세요.

눈 인사

"눈빛이 종이보다 새하얗기에雪色白於紙 / 채찍 들어 이름 석 자 써 두고 가니擧鞭書姓字 / 바람아 부디 눈을 쓸지 말고莫敎風掃地 / 주인이 돌아오기 기다려다오好待主人至."
고려의 문인 이규보가 서른 즈음에 지은 시입니다. 눈 내린 날 찾아간 친구는 외출해서 만나지 못하고 눈밭에 이름 석 자 흔적을 남김으로써 인사를 대신했으니, '눈雪 인사'로 '눈인사'를 대신한 셈입니다. 지리산에 갔다가 눈밭에 아내의 이름과 "사랑해" 석 자를 쓰고 휴대폰 카메라로 찍어서 보내준 적이 있습니다. 가장이 조금은 '유치'해져야 가정에 행복도 '유치'할 수 있겠죠? 이 세상 모든 것이 감사 표현의 도구라는 사실을 잊지 마세요.

남북전쟁 초기 북군은 패전을 거듭했습니다. 목사들
이 몰려와 "하느님이 우리 편이 되어 달라고 매일 기
도하고 있다"고 말하자 링컨이 답했습니다.

"하느님이 우리 편이 되어 달라고 기도하지 말고, 우
리가 하느님 편에 서게 해달라고 기도합시다."

승리를 앞두고 누군가 "패전한 남군을 어떻게 처리할
것이냐"라고 묻자 링컨이 답했습니다.

"저들도 우리 국민이니 전쟁하기 이전의 마음으로 영
접해야지요."

두 일화를 소개한 홍정길 목사는 "이것이 바로 역사상
가장 참혹한 내전을 치르고도 미국이 빠르게 상처를
치유하고 통합할 수 있었던 비결"이라고 역설했지요.

'전쟁'을 넘어 '통일'을 대비하는 마음이 진정한 유비
무환 아닐까요?

체 인 지

서양 근대교육의 방향을 제시한 존 로크의 『교육론』은
서술 순서가 특이합니다. 우리에게 익숙한 '지덕체智德
體'가 아니라 '체덕지體德智'로 구성되어 있기 때문이지
요. 실제로 이 책의 첫 구절은 "건강한 육체에 건강한
정신이 깃든다"입니다. 정신과 체력은 별개라거나 체
력은 하찮은 것이라는 생각은 편견입니다. 체덕지는
'체인지體仁智'로도 변주가 가능하지요. 가장 귀한 재물
인 건강한 몸으로 운명을 '체인지Change'하세요.

이목구비

이목구비耳目口鼻가 던지는 메시지는 뭘까요? 보고 눈물 흘릴 수 있는 눈, 숨 쉬고 냄새 맡을 수 있는 코, 말하고 먹을 수 있는 입. 이렇게 눈, 코, 입은 한 가지 기능만 가지고 있지 않습니다. 그런데 귀는 오로지 들을 수만 있습니다. 말하기 싫다고 닫거나 보기 싫다고 감을 수도 없지요. 하지만 이목구비 네 글자의 맨 앞을 차지하고 있는 것은 귀耳입니다.

"내게 있어 가장 중요한 것은 듣는 것. 서로에게 귀 기울이고, 타자의 말에 귀 기울이고, 음악을 듣는 것이다."

베를린 필하모닉 오케스트라의 지휘자였던 클라우디오 아바도의 말입니다. '먼저 듣는 지혜'로 멋진 인생 지휘자가 되세요.

리듬, 가락, 화음

영화 〈쇼생크 탈출〉에서 주인공 듀프레인(팀 로빈스 분)이 모차르트 오페라 〈피가로의 결혼〉에 나오는 여성 이중창 '산들바람에 노래를 실어'를 교도소 전역에 울려 퍼지게 했습니다. 마치 시간이 정지한 듯, 교도소 안의 모든 사람은 하던 일을 멈추고 음악에 귀를 기울였지요. 흑인 죄수 레드(모건 프리먼 분)는 그 순간을 다음과 같이 묘사했습니다.

"이렇게 비천한 곳에서는 상상도 할 수 없는 높고 먼 곳으로부터 새 한 마리가 날아와 우리가 갇혀 있는 삭막한 새장의 담벼락을 무너뜨리는 것 같았다. 그 짧은 순간, 쇼생크에 있는 우리 모두는 자유를 느꼈다."

바쁜 일상에서도 감사의 리듬, 가락, 화음을 놓치지 않고 살면 좋겠습니다.

마음의 금

조하리의 창Johari Window 이론은 인간의 마음을 네 영역으로 분류합니다.

① 나도 알고 남도 아는 부분

② 나는 알지만 남은 모르는 부분

③ 남은 알지만 나는 모르는 부분

④ 나도 모르고 남도 모르는 부분

멋진 인생을 살려면 ②와 ③의 영역에 주의해야 합니다. 나는 알지만 남은 모르는 치부를 감추고, 남은 알지만 나는 모르는 단점을 부정하면 인생이 꼬입니다. 반면 나는 알지만 남은 모르는 잘못을 고백하고, 남은 알지만 나는 모르는 약점을 인정하면 성숙한 인생이 시작되지요. 나무에 금을 새기면 세상의 기준을 제시하는 자 곧 척도가 되듯이, 용기를 내어 마음에 금을 새기면 세상의 아픔을 치유하는 자, 곧 리더가 됩니다.

침 묵

"침묵은 신을 온전히 경험할 수 있는 최선의 방법이다. 침묵은 다름 아닌 신의 모국어이기 때문이다."

토머스 키팅 신부가 했던 이 말을 실천에 옮긴 인물이있습니다. 레바논의 기독교도이자 변호사인 라메즈살라메는 1975년 레바논 내전 당시 총을 들었지만, 이내 내려놓았습니다. 대신 전쟁 전에 함께 일했던 무슬림 변호사들과 소박한 모임을 시작했지요. 2주에 한번 열리는 이 모임의 핵심은 '신의 음성을 듣기 위한시간'이라 믿었던, 15~20분의 침묵이었습니다. '정직', '결백', '이타', '사랑'이라는 가치에 비추어 자신의 삶을 돌아보는 시간이었지요. 음악이 음표와 쉼표로 완성되듯이 침묵으로 성숙한 인생을 연주해보면어떨까요?

"배우자를 당신이 변화시킬 수 있다고 생각하는 것은 미친 짓이다. 상대를 있는 그대로 받아들여라."

미국의 생존 최장수 부부로 공인받은 존 베타(104)와 앤 베타(100)가 언론에 공개한, 오랜 사랑의 비결입니다. 일본의 베스트셀러 『가족이라는 병』의 저자 시모주 아키코(80)도 비슷한 충고를 했지요.

"서로 차이를 인정하고 상대가 다른 개체라는 사실을 받아들여라."

존재와 존재의 평등한 만남이 만들어낸 교집합이 진정한 부부애의 영토입니다. 존과 앤은 "내가 지금 가지고 있는 것에 만족하고 서로에게 감사하며 사는 것도 오랜 사랑의 노하우"라고 말했지요. 존중과 감사는 짝(커플) 쪽(키스, 사랑) 쭉(지속) 3박자 인생의 열쇠입니다.

무 궁 화

무궁화無窮花를 직역하면 '끝이 없는 꽃'이 됩니다. 그
래서 사람들은 무궁화가 이름처럼 오래 핀다고 생각
하지요. 실제로 무궁화는 초여름 무렵 하나둘 피어나
기 시작해 가을까지 이어집니다. 하지만 국립수목원
이유미 원장의 설명에 따르면, 무궁화 한 송이의 수명
은 단 하루에 불과합니다. 아침에 피었다가 저녁이 되
면 꽃잎을 또르르 말아 닫고는 허무하게 낙화落花하지
요. 반전은 그 다음에 일어나는데, 다음 날 아침이 되
면 어김없이 다른 꽃송이가 피어납니다. '하나'는 죽
지만 '전체'는 살아나는 이 개화開花 릴레이로 허무가
영원으로 승화했지요. 매일 아침 감사 꽃을 활짝 피우
세요. 무궁한 행복을 누리는 비결입니다.

박노해 시인은 시 「뚫고 나온다」에서 역설했지요.
"좋은 농부에겐 / 나쁜 땅은 없다 // 푸른 나무에겐 / 나
쁜 자리는 없다 // 좋은 사람에겐 / 나쁜 환경은 없다."
우리는 힘들 때마다 환경, 조건, 남 탓을 하며 '상황 논
리'를 펼치곤 했습니다. 하지만 시인은 "좋은 삶은 나
쁜 조건을 뚫고 나오고, 선한 자는 나쁜 사회를 맞서
빛난다"면서 상황 논리를 '상황 감사'로 바꾸어보라고
권유했지요. 그는 시 「다시」에서도 "희망찬 사람은 그
자신이 희망"이고, "길 찾는 사람은 그 자신이 새 길"
이라고 노래했습니다. 그러면서 "참 좋은 사람은 그
자신이 이미 좋은 세상"이라고 주장했지요.
오늘도 절망의 껍질을 뚫고 나오며 다시 희망을 노래
합니다.

감자칩

성동구청(구청장 정원오) 공무원들과 함께 감사의 정의
를 내려 봤습니다.

- **나침반** 오늘 내 인생의 항로를 알았기에(진재화)

- **항암제** 화와 스트레스를 녹여주니까(진철용)

- **가족관계증명서** 내 이름 위, 아래의 부모, 자식 이름을
  보면 감사의 마음이 생기므로(이호철)

- **설탕과 소금** 인생을 달달하고 짭짤하게 만드니까(박희정)

- **감자칩** 한 번 감사의 맛을 보면 멈출 수가 없으므로(김
  윤혜)

- **인격** 사람 됨됨이를 평가할 가장 확실한 기준(김택)

- **마무리** 하루를 마무리할 때는 모든 것을 용서하고 감사
  하게 되므로(이덕윤)

- **최후의 보루** 오늘부터 감사하며 살 거니까(윤경숙)

감사 나침반과 지도를 들고 오늘도 행복 여행 시작해
볼까요?

마음 근육

징계 3회, 영창 2회의 오점을 남겼던 한 병사가 있습니다. 그는 자신을 근본적으로 바꾸고 싶다며 '100일 동안 하루 100감사 쓰기'에 도전했지요. 이후 그에게 어떤 변화가 일어났을까요?

"후임에게 싫은 소리를 해야 할 때 과거엔 감정이 격앙된 상태에서 표현했어요. 하지만 그런 충동을 자제하고 내용을 온전히 전달하면서도 '내가 너를 무척 아낀다'는 마음을 보여줬을 때 희열을 느꼈습니다."

그는 감사 쓰기로 마음 근육이 점점 단단해지는 자신을 발견할 때마다 가슴이 벅찼다고 합니다. 육군 제3공병여단 125부대에서 실제로 있었던 일입니다.

100감사×100감사=10,000감사. 만감萬感이 '교차'하면 불행도 행복으로 '교체'됩니다.

스웨덴의 '앱솔루트' 보드카는 원조국 러시아를 앞지른 브랜드로 유명합니다. 20달러도 채 되지 않는 무색, 무미, 무취의 앱솔루트는 절대로 타협하지 않는 품질에 대한 고집으로 명품 브랜드가 되었지요. 소문이 나면서 수요가 급격히 늘어나 생산량을 늘릴 수도 있었지만 욕심을 부리지 않았습니다. 수질이 생명이라는 믿음을 가지고 스웨덴 시골마을의 한 우물에서 나오는 물만을 고집했고, 최고의 겨울 밀만 엄선해 제품을 생산했습니다. 앱솔루트는 비록 '최초'는 아니었지만 품질에 대한 고집으로 '최고'가 될 수 있었지요. 한 병의 술을 만드는 일조차 이러할진대 우리가 인생에서 정말 중시해야 할 것도 '먼저'보다 '제대로'가 아닐까요.

제주도개발공사 삼다수 공장 탐방 중에 직원들이 기계에 써 붙인 짤막한 글을 본 적이 있습니다. 담당 기계에 감사를 표현한 이들의 글은 젊은 시절 밤새워 썼던 연애편지를 연상케 했지요. 실제로 기계마다 붙어있는 글에는 '당신', '그대' 등 사람에게나 사용하는 표현이 등장했고, 자신의 기계를 '입사동기'나 '새침데기'로 부르는 직원까지 있더군요. 생수 공장에서는 성수기에 기계가 문제를 일으켜 납기를 지키지 못하는 등 큰 홍역을 치렀지만, 감사 표현 이후에는 이런 사고가 대폭 줄었다고 합니다. 기계도 감사하는 사람의 진심을 알아챘던 것은 아닐까요? 감사 의인법擬人法, 기계마저 의인義人으로 만드는 놀라운 비결입니다.

박점식 천지세무법인 회장의 제주도 별장에서 하룻밤
을 보낸 적이 있습니다. 박 회장은 주말을 이용해 서울
본사와 전국 17개 지사에 흩어져 있는 직원들을 예닐
곱 명씩 별장으로 초대합니다. 1박2일 동안 직원들은
별장에서 휴식을 취하며 최고 수준의 여행과 요리를
즐기는데, 박 회장이 직접 운전사, 가이드, 요리사로
나섭니다. 한 직원은 방명록에 이런 글을 남겼습니다.
"열심히 살면 언젠가 좋은 걸 보고 느낄 수 있을 거라
생각했는데, 오늘이 바로 그날입니다."

감사를 만난 이후 단 하루도 빼먹지 않고 감사일기를
써온 박 회장처럼, 직원과 더불어 감사로 행복한 경영
자가 더 많으면 좋겠습니다.

아카데미 시상식을 주최해온 단체가 새로운 시상식
규칙을 정했다고 합니다. 수상자가 신세진 사람들을
한 명씩 거명하며 감사를 표시하는 기존의 수상 소감
방식을 금지한 것이 새 규칙의 핵심이지요. 주최 측은
일일이 감사를 표현하는 '말'을 금지하는 대신에 수상
자가 미리 제출한 고마운 사람 명단, 즉 '글'을 행사장
뒤쪽 스크린에 자막으로 내보내기로 했답니다. 수상
소감 시간도 45초로 제한했는데, 다분히 TV 시청률을
의식한 상업적 조치로 해석됩니다. 하지만 매너리즘
에 빠진 관성적 감사 표현은 분명 경계해야겠죠? 길고
지루해 흥미를 잃게 하는 '뻔한' 감사가 아니라 재미
와 감동을 주는 '펀fun한' 감사를 표현하세요.

엄마에겐

밥 한 번 사준 선배에게는 "형, 고마워"라고 하면서 매일 밥해주신 엄마에게는 이렇게 말합니다. "물이나 줘." 여자친구 생일에는 꽃다발을 건네며 "축하해"라고 하지만 엄마 생신날에는 이렇게 말합니다. "엄마 생일이었어?" 5분 기다려준 직장 동료에게는 "죄송합니다"라고 사과하면서 평생을 기다려준 엄마에게는 이렇게 말합니다. "왜 나왔어?"

한국과 중국이 공동제작한 공익광고의 앞부분입니다. 이 광고는 이렇게 마무리되지요.

"부모님께 이런 말 해본 적이 있나요? '고마워요, 엄마.' 말 한마디가 효도입니다."

특별한 날을 위해 감사 표현과 효도를 아끼지 마세요. 한치 앞도 알 수 없는 우리에게는 바로 오늘이 가장 특별한 날입니다.

마라토너가 역주力走할 때 기준 속도로 달리는 '페이스 메이커pacemaker'가 동행한다면 아주 큰 힘을 얻을 겁니다. 피아니스트가 연주에 집중해야 할 때 악보를 넘겨주는 '페이지 터너page turner'가 옆에 앉았다면 한결 마음이 놓일 겁니다. 복서가 큰 게임을 앞두고 실전 같은 훈련의 상대가 되어줄 '스파링 파트너sparring partner'를 만난다면 사각의 링도 크게 두렵지 않을 겁니다.

"우리는 혼자서가 아니라 둘이서 목적지를 향해 가리라/우리 둘이 서로를 알게 되면 모든 사람을 알게 되리라."

프랑스 시인 폴 엘뤼아르의「우리의 삶」에 나오는 구절입니다. 우리 서로에게 '감사 파트너'가 되어주면 어떨까요?

지난 2013년 말에 있었던 일입니다. 한미글로벌(주)
행복경영 담당자인 오기민 부장은 직원 워크숍을 준
비하고 있었지요.
'한 해 동안 열심히 일한 직원들에게 유쾌하게 감사의
마음을 전달할 좋은 방법이 없을까?'
고심하던 오 부장은 준비한 과자의 종이상자 겉면에
이런 문구를 인쇄해 붙였습니다.

불평 빼고

불만 빼고

감사로만 채우는 2014년 되세요.

그냥 지나치면 평범한 덕담에 불과하지만 조금만 주
의해 살펴보면 얼굴에 미소가 떠오릅니다. 감사 표현
이 반드시 거창할 필요는 없습니다. 정말 중요한 것은
진심과 정성입니다. 주변의 아주 작은 물건도 감사 표
현의 도구가 될 수 있다는 사실을 명심하세요.

부엌

소설 『키친』의 작가 요시모토 바나나에게 부엌은 슬픔과 외로움을 치유하고 위로하는 공간입니다. 하지만 정색하고 살펴보면 부엌은 위험한 물건들로 가득 차 있지요. 치명적 상처를 입힐 수 있는 칼, 모든 것을 잿더미로 만들 수 있는 불……. 그런데 이것은 사랑하는 사람에게 맛있는 요리를 해주려면 꼭 필요한 도구이기도 하지요. '가장 위험한 것'으로 '가장 행복한 것'을 만든다는 이 역설의 진리 앞에서 작가 닥터 수스의 말을 소환해봅니다.

"사랑을 하다 보면 가시에 찔리기도 한다. 그런 사랑 없이는 장미를 얻지 못한다."

'행복'이란 영겁永劫의 장미를 원한다면 '불안'이란 찰나刹那의 가시에 겁먹지 말아야겠죠?

양력과 부력

토기, 도기, 자기의 차이는 뭘까요? 토기는 불에 넣지 않은 그릇, 도기는 1,000도 미만에서 구운 그릇, 자기는 1,000~1,200도에서 구운 그릇입니다. 동원그룹 창업자인 김재철 회장이 "젊은이들은 찾아서라도 도전하고 시련을 겪어야 한다"면서 들었던 비유이지요. "죽어도 좋다"는 각서를 쓰고 1년 동안 무급無給으로 국내 첫 원양어선을 탔던 청년 김재철은 수첩에 이런 문구를 적어놓았다고 합니다.

"인생에 짊어진 짐은 무거울수록 좋다."

역풍이 강할수록 양력이 커진 비행기는 가볍게 뜨고, 선체가 무거울수록 부력이 커진 선박은 쉽게 흔들리지 않는 법입니다. 오늘도 감사 부력으로 행복 항해를 시작해볼까요?

육군 제3포병여단에서 감사나눔 전문교관으로 활동
해온 이종환 상사가 장인의 회갑을 맞아 감사장을 썼
습니다. 2015년 10월 30일 열린 회갑연 장소에는 "인
생은 60부터. 언제나 건강하세요. 감사하고 사랑합니
다"라고 적은 현수막도 내걸었지요. 감사장 이벤트는
이미 부친 생신 때도 선보였는데, 감사장을 받아든 부
모님은 이렇게 말씀하셨다고 합니다.

"세상의 그 어떤 것보다 고마운 선물이었다. 우리 아
들과 며느리가 정말 자랑스럽다."

그렇다면 이종환 상사의 요즘 기분은 어떨까요? 이 상
사의 카카오톡 상태메시지에는 이렇게 적혀 있네요.

"행복한 남자, 모든 것에 감사합니다."

오늘도 모든 분이 감사로 행복하시기를 기도합니다.

혈중 감사 농도

행복나눔125 지도자과정 6기생들이 내린 감사의 정의입니다.

- 봄 행복 새싹이 돋아나게 하니까(백보경)
- 춤 심신을 덩실덩실 춤추게 하므로(이은호)
- 세로토닌 행복 호르몬 중 쾌감이 크지만 짧은 엔도르핀보다 길고 은은한 세로토닌과 어울리니까(조성호)
- 신선한 충격 무심코 지나친 것들이 마음을 움직이고 생활에 변화를 주므로(강원규)
- 캡틴 아메리카의 방패 어떤 불행이 닥쳐도 거뜬히 막아낼 수 있기에(서동욱)
- 겸손 자신을 낮추고 상대를 존중할 때 진정한 감사가 나오니까(허동주)

오늘도 혈중 감사 농도가 높은 하루가 되기를 소망합니다.

짜증과 분노의 거친 파도가 정치권은 물론이고 우리 사회와 가정까지 집어삼킬 태세입니다. 실제로 국립국어원이 조사한 결과를 보니, 부부 사이의 대화가 만족스럽지 못한 이유 중 1위는 '짜증 섞인 말투'(34.7퍼센트)였지요. 3위인 '화를 내는 태도'(13.3퍼센트)까지 합하면, 절반에 가까운 부부(48.0퍼센트)가 짜증과 화(분노) 때문에 진정한 행복을 누리지 못하고 있다는 말입니다. 해법은 상대방에 대한 배려와 감사, 자신의 잘못에 대한 솔직한 사과입니다. 우리 대한민국을 사과나무(사과와 나눔으로 얻는 무한 행복), 배나무(배려와 나눔으로 얻는 무한 행복), 감나무(감사와 나눔으로 얻는 무한 행복)가 울창한 행복숲으로 가꾸면 어떨까요?

아직 이루지 못한 것이 너무 많다고 화내지 마세요. 터
키 시인 나짐 히크메트는 "가장 훌륭한 시는 아직 쓰
이지 않았고, 가장 아름다운 노래는 아직 불리지 않았
다"라고 위로했지요.

아직 가보지 못한 곳이 너무 많다고 서러워 마세요. 히
크메트는 "가장 넓은 바다는 아직 항해되지 않은 바다
이고, 가장 빛나는 별은 아직 발견되지 않은 별"이라
고 노래했지요.

아직 인생의 목표를 정하지 못했다고 걱정하지 마세
요. 히크메트는 "어느 길로 가야 할지 더 이상 알 수 없
을 때, 그때가 진정한 여행의 시작"이라고 선언했지요.
루쉰魯迅은 다니는 사람이 많아지면 없던 길도 생기는
것을 희망에 비유했어요. 오늘 진정한 여행을 시작해
볼까요?

선행의 효과

사람들은 기부나 봉사 같은 선행을 왜 하는 걸까요? 심리학자 곽금주 교수의 설명에 따르면 선행은 정서적 안녕, 즉 행복감과 즐거움에 긍정적 영향을 미칩니다. 선행을 하면 인간의 뇌는 기분이 좋아지는데, 올바른 행동을 했다는 생각 때문에 자신이 괜찮은 사람이라는 자부심을 갖게 되고 자존감도 덩달아 높아집니다. 선행은 마음만이 아니라 신체도 건강하게 만듭니다. 노인들을 대상으로 '자원봉사와 사망률의 관계'를 조사한 결과, 2개 이상의 단체에서 봉사를 했던 노인들은 5년 이내에 죽을 확률이 자원봉사를 전혀 하지 않았던 노인들보다 40퍼센트나 더 적은 것으로 밝혀졌습니다. 선행善行은 선행先行, 인생의 열쇠입니다.

연초에 정말 기분 좋은 연하장을 받았습니다. 중앙대
학교 사범대학 부속초등학교 이점영 교장선생님이 보
내준 연하장인데 앞표지에는 중대부초 감사교육 로고
와 '감사하면 행복해요'라는 문구가, 뒤표지에는 학생
들의 귀여운 자화상이 인쇄되어 있었지요. 연하장의
백미는 교장선생님이 붓펜으로 직접 쓴 손글씨 감사인
사였습니다. 가족, 친지, 교사, 학부모, 지인 등 150여
명에게 '즐거운 마음으로' 연하장을 쓰는 데 꼬박 일
주일이 걸렸다고 하네요. 교장선생님은 "교사 생활을
시작한 40여 년 전부터 방학 때마다 제자들에게 손글
씨 편지를 보내온 것이 습관이 되어 힘든 줄 몰랐다"
고 말했습니다. 올 연말에는 우리도 한 번 손글씨 연하
장을 써볼까요?

"장기적 비전을 위해 단기적 손해를 감수한다. 이것이 성공의 비결이다."

빌 게이츠가 한 말입니다. 성공과 행복에 이르는 삶의 방식에는 두 가지가 있지요. 인기, 의리, 요령에 기대어 '변칙變則 중심으로 사는 것'과 신뢰, 공의, 정직에 기초해 '원칙原則 중심으로 사는 것'입니다. 앞의 것은 빠르게 성공과 행복을 가져다주겠지만 동시에 그 열매도 빠르게 떨어질 가능성이 높습니다. 반면에 뒤의 것은 성공과 행복에 이르기까지 다소 시간은 걸리겠지만 그 열매는 쉽게 떨어지지 않습니다. 핀란드에는 "진실은 불속에서도 없어지지 않는다"라는 속담이 있습니다. 오늘도 신독愼獨의 향기로 채우는 하루가 되기를 소망합니다.

우리 인생 밥상에서 감사는 어디에 놓여 있을까요? 라
디오 방송작가 김미라는 『삶이 내게 무엇을 묻더라도』
에서 이렇게 답했지요.

"감사는 밑반찬처럼 항상 차려놓고, 슬픔은 소식할
것. 고독은 야채샐러드처럼 싱싱하게, 이해는 뜨거운
찌개를 먹듯 천천히, 용서는 동치미를 먹듯 시원하게
섭취할 것. 기쁨은 인심 좋은 국밥집 아주머니처럼 차
리고, 상처는 계란처럼 잘 풀어줄 것."

우리 인생 밥상에 감사 밑반찬은 항상 차려놓아야겠
지요?

완벽한 사랑

"완벽하게 이해하진 못해도 완벽하게 사랑할 수는 있습니다."

"그래 그게 내가 평생 설교해 온 것이지."

노먼 매클린의 소설 『흐르는 강물처럼』에서 장남 노먼과 목사 아버지가 나눈 대화입니다. '완벽한 이해'는 어렵지만 '완벽한 사랑'은 마음먹기에 따라서 가능하다는 말입니다.

"행복한 가족은 구성원이 한 방향을 바라보고 있다."

미국의 가족 전문가 스콧 할츠만이 『행복한 가족의 8가지 조건』에서 한 말입니다. 그는 이런 조언도 들려주었지요.

"어떤 가족이든 문제의 소지는 있다. '완벽한 가족'이란 없다."

그러니 '완벽한 가족'이 아니라 '행복한 가족'을 목표로 살아야 합니다. 오늘도 '행복한 가족'의 '완벽한 사랑'을 꿈꾸어봅니다.

먼 북소리

프란츠 카프카는 "여기에서 떠나는 것, 그것이 나의 목적지"라고 말했지요. 무라카미 하루키는 그리스와 이탈리아를 여행하며 쓴 『먼 북소리』의 대미를 이렇게 장식했지요.

"다시 여행을 떠나고 싶어질 때도 있다. 하지만 나는 문득 이렇게도 생각한다. 지금 여기에 있는 과도적이고 일시적인 나 자신이, 그리고 나의 행위 자체가, 말하자면 여행이라는 행위가 아닐까 하고."

그래서 세르반테스는 "이룩할 수 없는 꿈을 꾸고, 이루어질 수 없는 사랑을 하고, 싸워 이길 수 없는 적과 싸움을 하고, 견딜 수 없는 고통을 견디며, 잡을 수 없는 저 하늘의 별을 잡자"라고 말했던 걸까요? 오늘도 현실에 발 딛고 서되 꿈은 잃지 않기를 소망합니다.

흰곰 생각 실험

하버드대학교 심리학과 대니얼 웨그너 교수는 1985년 대학생 17명을 대상으로 실험을 했습니다. 그는 학생들에게 "지금부터 흰곰에 대해서 생각하지 말라"고 지시했습니다. 하지만 그런 부정적 지시를 받으니 오히려 학생들의 머릿속은 흰곰 생각으로 가득 찼고, 심지어 일부 학생은 통제할 수 없는 흰곰 생각 때문에 괴로워했지요. 심리학계에서 '흰곰 생각 실험'이라 불리는 이 연구 사례는 불안, 중독, 우울증, 다이어트를 통제하지 못하는 인간의 본성을 설명합니다. "불행은 생각도 하지 않겠다"는 실현 불가능한 부정적 다짐은 스트레스만 줄 뿐이지요. "오늘도 감사하며 살겠다"는 긍정적 다짐으로 하루를 시작하면 어떨까요?

직시하고 직면하라

"진정한 빛은 칠흑 같은 어둠 속에서만 빛납니다. 진정한 감동은 현실의 고단함 속에서만 만날 수 있습니다." 마루야마 겐지의 『시골은 그런 것이 아니다』의 마지막 문장입니다. 이 책 마지막 장의 제목도 「불편함이 제정신 들게 한다」였지요.

"날씨가 항상 좋으면 땅은 사막이 된다"는 스페인 속담이 있습니다. 때때로 고통의 비, 실패의 바람, 절망의 눈보라가 몰아쳐야 삶의 사막화 현상을 막을 수 있다는 우리 인생의 아이러니! 그러니 칠흑 같은 어둠, 현실의 고단함을 두려워할 필요가 없습니다. 나아가 불편한 진실을 외면하지 말고, 불행한 현실을 회피하지 말아야 합니다. 오늘도 당당하게 직시하고 직면하는 하루가 되기를 소망합니다.

"키보드에서 가장 사용 빈도가 떨어지는 기호를 찾던 중 앳(@)을 발견했다."

이메일e-mail의 사용자 이름과 네트워크명을 구별하는 앳(@) 기호를 처음 고안한 레이먼드 톰린슨의 말입니다. 앳(@)이 배려를 은유한다면 바로 옆에 있는 해시(#)는 연대를 상징합니다. 최근 해시는 해시태그로 자주 활용되고 있는데, 특정 단어 또는 문구 앞에 해시를 붙여 연관된 정보를 한데 묶으면 세상을 바꾸는 여론이 형성되지요.

우리 인생의 키보드에서 쓸데없는 기호와 지시어는 없습니다. 오늘도 냉소와 불평은 딜리트Delete하고, 긍정과 감사는 인서트Insert하세요. 이에스시Esc로 안식을 즐기고 엔터Enter로 새로운 출발을 다짐하세요.

서울시립대학교 총동창회(회장 권오병) 임원들이 내린
감사의 정의입니다.

- 예금 잔고 감사를 많이 할수록 인생 통장의 잔고가 늘어
  나 마음 부자가 되니까(신현주)
- 의무이자 권리 우리는 행복하게 살아야 하고 동시에 행
  복하게 살 수 있으므로(한병희)
- 표현 표현하지 않으면 감사가 아니기 때문(정석희)
- 산소 없으면 살 수 없고, 아무리 써도 없어지지 않는 영
  원한 삶의 에너지니까(강병수)
- 추창조 기존에 없던 것을 만들어내면 창조, 이미 있던
  것을 가지고 만들어내면 추창조. 따라서 우리 내면에
  있던 것을 끄집어내야 하는 감사는 추창조가 아닐까(박
  찬홍)

감사는 '발명'이 아니라 '발견'입니다. 축복을 세며 살
수 있으면 좋겠습니다.

감사나무

방황하던 20대 청년 장 지오노의 발길이 어느 날 황무지에 이르렀습니다. 그는 그곳에서 묵묵히 도토리를 심던 양치기 엘제아르 부피에를 만났지요. 세계대전의 광풍이 두 차례나 세상을 휩쓸고 지나간 후, 전쟁의 상처를 가슴에 안고 32년 만에 다시 황무지를 찾은 장 지오노는 깜짝 놀랐습니다. 생명의 기운이라고는 조금도 느낄 수 없었던 황무지가 샘물이 넘쳐흐르는 숲으로 바뀌어 있었지요.

"모든 것이 변해 있었다. 공기까지도. 옛날에 나를 맞아주던 건조하고 난폭한 바람 대신에 향긋한 냄새를 실은 부드러운 미풍이 불고 있었다."

오늘도 묵묵히 우리 마음에 감사나무 심기. 행복한 세상을 만드는 가장 확실한 방법 아닐까요?

아낌없이 주는 나무

나무 한 그루와 소년이 있었습니다. 소년은 매일 나무를 찾아가 잎을 주워 왕관을 만들어 쓰기도 하고, 나무에 매달려 그네도 탔습니다. 세월이 흐르고 성장할 때마다 소년은 나무를 찾아갔습니다. 그리고 청년기에는 열매, 중년기에는 가지, 장년기에는 몸통을 얻어갔습니다. 노인이 된 소년이 다시 오자 나무가 말했습니다. "미안해. 이제 나에게 남은 것은 그루터기뿐이야."
소년은 그루터기에 앉아 편히 쉬었습니다. 자신의 모든 것을 내주었지만 그래도 나무는 마냥 행복하기만 했습니다. 쉘 실버스타인의 『아낌없이 주는 나무』의 줄거리입니다. '아낌없이 주는 나무'와 '유보 없이 감사하는 나무'가 더불어 숲을 이루는 세상을 꿈꾸어봅니다.

"항상 걱정하고 사랑해줘서 고마워. 자기가 있어서 얼마나 행복한지 몰라. 사랑해."

독서카페 '어썸피플' 운영자이자 자기계발 파워블로거인 유근용 대표가 포스트잇에 적어서 아내에게 전달한 감사 표현입니다. 하루 100감사 쓰기를 100일 동안 행하며 '감사 근육'을 단단히 키웠던 그는 틈나는 대로 아내에게 감사와 사랑을 표현합니다. 아내의 귀가를 앞두고 딸기 한 접시와 감사 포스트잇으로 깜짝 이벤트를 준비하는 것은 이제 기본이 되었지요. 화장대, 냉장고 등 아내의 시선이 닿는 곳에는 어김없이 감사 포스트잇이 담쟁이 잎처럼 다닥다닥 붙어 있고요. '행복한 가정을 만드는 1분의 마법' 감사 포스트잇, 오늘 당장 도전하세요.

경희대학교 후마니타스 칼리지 시민교육 제자들과 함께 미국 사회학자 엘리스 존스의 '더 나은 세상을 가로막는 생각의 덫'을 '더 나은 세상을 앞당기는 생각의 돛'으로 바꾸어보았습니다.

- 세상은 원래 그런 거야 ➡ 원래 그런 세상은 없어
- 혼자선 변화를 만들 수 없어 ➡ 내가 지금 심은 나무 한 그루가 언젠가는 숲을 이룰 거야
- 난 시간과 힘이 없어 ➡ 난 의지가 있어. 의지는 시간과 힘도 만들어내지
- 난 성자가 아니야 ➡ 난 완벽한 사람은 아니지만 변화를 결심할 수는 있어
- 난 아는 게 별로 없어 ➡ 덕분에 더 많은 것을 알아갈 기회를 얻었잖아
- 어디서부터 시작할지 모르겠어 ➡ 지금 여기서부터 시작하면 돼
- 그건 내 책임이 아니야 ➡ 책임을 내가 조금이라도 나눠 질 수는 있어

- 나는 제대로 된 변화를 만들어내지 못해 ➜ 내가 변화하면 주변 사람을 변화시키고, 더 나아가 세상도 변화시킬 수 있을 거야
- 이건 완전히 불가항력적인 일이야 ➜ 시간이 걸릴 뿐 불가능은 없어, 세상은 조금씩 천천히 나아지고 있어
- 난 활동가가 아니야 ➜ 나의 사소한 행동도 세상을 바꿀 수 있다는 사실을 명심해

'닻'은 올리고 '돛'은 펼치고 오늘도 힘차게 출항할까요?

일곱 가지 행복 훈련법

"행복한 인생을 살고 싶다면 느낌을 좇는 것보다 가치 있는 활동에 집중하는 게 좋다."

서울대병원 강남센터 정신의학과 윤대현 교수가 신문 칼럼에서 밝힌 내용입니다. 그는 이렇게 역설했지요.

"행복은 행복한 인생 내용과 그것에 대한 주관적 감정 반응으로 구분된다. 감정의 기복에 휩쓸리지 말고 가치 있는 행복 활동을 실천하다 보니 행복한 느낌이 찾아오게 하라."

윤 교수가 권유한 다음의 일곱 가지 행복 훈련법을 당장 실천하면 어떨까요?

① 감사일기로 내가 받은 축복을 세어보자.

② 친절한 행동을 실천하자.

③ 인생의 즐거움을 음미하자.

④ 멘토에게 감사하자.

⑤ 용서하는 법을 배우자.

⑥ 가족에게 시간을 투자하자.

⑦ 신체 건강을 챙기자.

레 스 페 베 르

나뭇잎 사이로 스며 내리는 햇살 '고모레비'(일본어),
누군가 올 것 같아 괜히 문밖을 서성이는 행동 '익트
수아르포크'(이누이트어), 사랑의 단꿈에서 깨어나 느
끼는 달콤 쌉싸래한 기분 '라즐리우비트'(러시아어), 당
신 없이는 살 수 없기에 먼저 죽고 싶다는 아름답고 소
름 끼치는 소망의 맹세 '야아부르니'(아랍어).

세상에 단 하나뿐인 낯설고 아름다운 낱말들입니다.
가수 루시드 폴이 번역한 책 『마음도 번역이 되나요』
에 나오지요. 오늘도 '티암'(사랑에 빠지는 순간의 반짝
이는 눈빛, 페르시아어)과 '레스페베르'(여행 전 긴장과
기대로 쿵쾅거리는 심장소리, 스웨덴어)로 하루를 시작합
니다.

얼굴

"사람 마음은 나비가 꽃을 찾듯 얼굴을 찾는다."
과학 저술가 대니얼 맥닐이 책 『얼굴』에 쓴 말입니다.
온라인 취업포털 '사람인'이 기업 인사 담당자 312명
을 대상으로 조사한 결과, 인사 담당자가 가장 선호하
는 호감형 외모는 '밝은 미소 등 푸근한 인상의 지원
자'(남성 55.4퍼센트, 여성 53.25퍼센트)였지요. 반면 비
호감형 외모 1순위는 '뚱한 표정의 지원자'(남성 40.1퍼
센트, 여성 39.1퍼센트)였고요. 사람은 왜 상대의 얼굴
부터 바라볼까요? 맥닐은 "육신의 중심이자 자신의 거
울이기 때문"이라고 설명했지요. 감사미소(감사해요,
사랑해요, 미안해요, 소중해요)로 붙임성 있는 표정을 만
들어 인생 면접시험에도 꼭 붙기를 바랍니다.

인도의 교훈

20세기 아시아와 아프리카 식민지에서 독립운동이 전개되었습니다. 그런데 유독 간디가 주도한 인도의 독립운동이 독보적 평가를 받는 이유는 뭘까요? 난민 연구 권위자인 연세대학교 의대 전우택 교수는 두 가지에 주목했지요. 첫째, 지배국 영국에 대한 증오와 저항이라는 1차원적 투쟁을 넘어 비폭력 저항이라는 인류사적 정신운동으로 승화시켰습니다. 둘째, 반외세 투쟁에만 머무르지 않고 신분차별 극복을 위한 내부 투쟁을 병행했습니다. 불가촉천민을 대변한 힌두교도 간디는 결국 외세가 아니라 신분차별을 당연시 여기던 한 힌두교도에게 암살당했지요. 지구상 마지막 분단국인 우리는 과연 어떤 통일을 이루어 인류사에 기여해야 할까요?

세계적 한센병 권위자인 폴 브랜드 박사가 힘든 출장
을 마치고 런던에 도착했습니다. 호텔에서 옷을 갈아
입는데 발에서 아무런 감각을 느끼지 못했습니다. 불
안한 마음에 핀으로 발목을 찔렀지만 역시나 무감각했
지요. 그날 밤 브랜드 박사는 한숨도 자지 못했습니다.
'한센병에 걸린 것이 확실해.'
다음 날 절망적 심정으로 발목을 찔러 보았는데, 너무
아파서 "악!" 하고 비명을 질렀습니다. 하지만 자신도
모르게 곧바로 이런 기도가 터져 나왔지요.
"오, 하느님! 아파서 감사합니다."
과로 때문에 신경이 일시 눌린 것으로 나중에 밝혀졌
지요. '아픔에서 도망치는 인생'이 아니라 '아픔으로
성장하는 인생'을 살고 싶습니다.

별 볼 일 있는 인생

이영만 스틸이엔지 사장의 아들이 결혼식을 앞두고 다리에 큰 부상을 입었습니다. 양가 사람들이 불안해 하자 이 사장이 나섰지요.

"두 다리를 다치지 않아서 얼마나 다행입니까? 한쪽 발로 서서라도 결혼식을 할 수 있게 된 것에 감사합시다."

발상을 전환하자 위기 앞에서 양가는 더 긴밀히 소통하게 되었고, 예상치 않았던 화목을 선물로 받았습니다. 결국 아들은 목발을 짚고 결혼식장에 나타났고, 하객들도 뜨거운 축하의 박수를 보내주었지요.

박성우는 시 「별」에서 "우리가 별을 보려고 반짝이니까 별들도 우리를 보려고 반짝였다"라고 노래했지요. 혹여 '별 볼 일 없는 세상'이라도 우리는 '별 볼 일 있는 인생'을 살기 위해 노력해야겠죠?

금맥, 인맥

"다이아몬드는 멀리 떨어진 산이나 바다 밑에 있는 것
이 아니라 당신 집 뒷마당에 묻혀 있다. 단, 당신이 다
이아몬드를 찾으려 노력한다면 말이다."

미국 템플대학교 창립자인 러셀 콘웰이 자신의 저서
『다이아몬드 땅』에서 한 말입니다. 이 책에는 농장주
알리 하페드가 겪었던 이야기가 나오지요. 다이아몬
드를 찾아서 떠돌던 하페드가 보물을 발견한 장소는
바로 자기 농장 근처의 냇물이었습니다. 인맥人脈 찾기
의 본질도 금맥金脈 찾기의 그것과 비슷합니다. 정말
소중한 사람은 가까이 있건만 우리는 늘 먼 곳만 바라
보며 시간을 허송하곤 했지요. 귀인貴人을 만나고 싶습
니까? 내가 먼저 누군가의 귀인이 되어주면 어떨까요?

논산계룡교육지원청(교육장 김일규) 산하 71개 학교 급
식 관계자들과 함께 내린 감사의 정의입니다.

- 삼시세끼 한 끼라도 먹지 않으면 배가 고프니까(이화초 최미옥)

- 음식 정성들여 차리는 사람도, 맛있게 먹는 사람도 행복 해지므로(내동초 장정란)

- 만찬 사랑하는 사람들과 행복을 나누는 소중한 시간이 니까(은진초 신은정)

- 요리 자꾸 하면 할수록 실력과 내공이 늘어나므로(금암 중 김광선)

- 곶감 하나씩 꺼내 먹을 때마다 달달한 행복이 따라오니 까(용남중 이숙)

- 해결사 감사는 어떤 문제든 쉽게 해결해주기 때문(대건 고 박미옥)

기운 기氣에는 쌀 미米가 들어 있습니다. 감사 '밥심'으
로 기운 내서 '밥값' 하며 살아야겠죠?

부산시 사하구 감천마을은 '한국의 산토리니'로 불립니다. 산자락을 따라 지붕 낮은 집들이 형형색색 다닥다닥 붙어 있는 모습이 그리스의 산토리니와 닮았다고 해서 붙은 애칭이지요. 가난한 달동네에서 하루 평균 5,000명이 찾아오는 관광지로 변신한 이 마을이 무지개 색깔로 치장하게 된 사연을 언론인 한승동은 이렇게 설명했지요.

"페인트를 배급받았는데 색깔이 제각각이었다. 칠하다 보면 어느 집은 모자라고 어느 집은 남았다. 그래서 벽면은 녹색인데 옥상은 파랑이고, 분홍에 보라가 얹히는 경우도 있었다."

무지개rainbow는 비rain가 온 뒤에야 뜨는 법, 누더기(가난)를 조각보(예술)로 바꾸는 반전 인생을 살고 싶습니다.

"내 비밀 초원에 너를 위해 꽃을 피울게. 언제라도 외
로운 하루엔 내게 와 편히 쉬어."

● 러브홀릭스, 〈쉼, 비밀, 위로〉

"수고했어 오늘도. 아무도 너의 슬픔에 관심 없대도
난 늘 응원해. 수고했어 오늘도."

● 옥상달빛, 〈수고했어, 오늘도〉

혼다자동차 창업자 혼다 소이치로는 쉼과 휴식을 대
나무의 마디에 비유했지요.
"마디가 있어야 대나무가 성장하듯, 사람도 기업도 쉬
어야 강하고 곧게 성장할 수 있다."
이수동 화백도 자신의 저서 『오늘, 수고했어요』에서
쉰다는 것의 의미를 이렇게 풀이했지요.
"그것은 앞으로의 멋진 일과 멋진 사람을 맞을 '아주
즐거운 준비'의 다른 말이다."
오늘 서로에게 망중한忙中閑의 동행인이 되어주면 어떨
까요?

『바보들은 항상 남의 탓만 한다』의 저자 존 밀러가 이런 말을 한 적이 있습니다.

"우리는 직원을 채용할 때 기술과 배경, 교육 수준을 잣대로 삼는다. 그런데 직원을 해고할 때는 거의 언제나 그 사람의 됨됨이, 곧 인성을 문제 삼는다. 직원 채용에 관한 한 우리는 거꾸로 하고 있다."

육군 제1군단 부군단장 금용백 소장도 육군3사관학교 교장으로 재직하던 시절 '올바른 인성과 리더십 함양을 위한 공청회'에서 이런 말을 했더군요.

"인성에 문제가 있는 생도는 도태될 수밖에 없다. 자율과 책임에 기초한 생도 생활을 통해 신독愼獨의 자세로 학칙을 지키며 인성 함양을 위해 노력해주길 바란다."

감사로 인성人性을 키우면 사람과 사랑을 끌어당기는 인성引性도 커지지 않을까요?

군산에서 감사불씨로 활동하는 분들의 카카오톡 상태 메시지를 우연히 보았습니다.

"행복은 감사의 분량에 비례"(이현철 영광여고 교장), "항상 감사, 모두 행복"(임순영 영광여고 교사), "행복은 소유의 크기가 아니라 감사의 크기에 비례"(김점남 호원대 교수).

병영에서 감사불씨로 활약하는 분들의 상태메시지도 일부러 찾아보았지요.

"행복한 남자 모든 것에 감사"(이종환 제3포병여단 상사), "감사의 말은 인생의 밭에 아름다운 꽃을 심는 것"(정정숙 대령, 논산훈련소), "행복은 감사의 문으로 들어와서 불평의 문으로 빠져 나간다"(윤국 준장, 수송 사령관).

우리가 정말 중시해야 할 것은 외모로서의 '형태'가 아니라 내면으로서의 '상태'입니다.

야망을 이루려면

사람에게 야망野望이 있다는 것은 좋은 일입니다. 작가 아나톨 프랑스도 이렇게 말했지요.

"과거 유토피아를 꿈꾼 사람들이 없었다면 인류는 여전히 벌거벗은 채로 동굴 속에서 비참하게 살고 있을 것이다."

다만 야망을 이루려면 주변의 여망輿望[*]을 얻어야 합니다. "빨리 가려거든 혼자 가고, 멀리 가려거든 함께 가라"는 아메리카 인디언 속담에 귀를 기울여야 합니다.

"인생이 너무나도 아프다면, 이것저것 다 해봐도 끝이 보이지 않는다면, 지금 감사하고 있는지 살펴보라."

『오늘도, 골든 땡큐』에 나오는 한 구절입니다. 요망妖妄[*]을 이겨내고 감사를 선택할 때 우리의 앞길은 유망有望할 것입니다.

▪여망: 많은 사람의 기대를 받음. 또는 그 기대.
▪요망: 요사스럽고 망령됨. 또는 언행이 방정맞고 경솔함.

아빠의 감사

40대 중반에야 뒤늦게 가족과 함께하고 싶었지만 집에서 저는 이미 '하숙생 아빠'와 '복수하고 싶은 남편'으로 전락해 있었지요. 그 절망의 벼랑 끝에서 만난 것이 바로 '감사'였고, 감사 인생에서 얻은 선물 중 하나가 아들과의 관계 회복이었습니다.

"졸업앨범에서 환한 미소를 지은 학생이 그렇지 않은 학생보다 30년 후에 더 건강하고, 더 성공하고, 더 행복한 인생을 살았다."

어느 날 책에서 이런 실험 결과를 보고 떨리는 손으로 아들의 졸업앨범을 뒤져보았습니다. 그런데 '하숙생 아빠'와 생활하던 시절 찍은 중학교 앨범에서 '우수에 젖은 얼굴'로 우두커니 서 있던 아들이, 제가 '감사 아빠'로 변신하고 3년이 흐른 뒤에 찍은 고교 앨범에서는 '환한 미소'를 짓고 있었지요. 대조적인 두 사진을 목격한 순간, 얼마나 감사하고 감격스러웠는지요. 그리고 분명히 깨달았습니다. 아빠의 감사가 아들의 얼굴을 바꾸고, 감사하는 가장이 행복한 가정과 세상을 만들 수도 있다는 사실을!

감사불씨로 활동하는 분들의 카카오톡 상태메시지를
더 찾아보았습니다.

"감사형통"(이의용 국민대 교수), "사랑+감사"(장영희 코
어라인 사장), "감사본업 감사무적"(이기재 목사), "범사
에 감사하라"(이혜영 서울아산병원 간호부 차장), "모든
것에 감사"(박해섭 네오디에스 이사), "감사합니다 모든
것이"(안재혁 연산메탈 부사장), "감사하면 행복해요"
(이점영 중대부초 교장), "그럼에도 불구하고 감사합니
다"(안겸지 허수사횟집 사장), "마음먹기에 따라 달라지
는 세상. 웃자 감사하는 마음으로"(이명진 포스코ICT
부장).

내 마음 상태도 늘 감사로 지속되기를 소망합니다.

다산 정약용이 주도한 풍류계 '죽란시사竹欄詩社' 회원들
은 1년에 몇 차례 모여 차나 술을 마시며 시를 지었습
니다. 그들은 모이는 시점을 구체적 날짜로 명시하지
않았는데, 죽란시사 규약에는 이렇게 적혀 있었지요.
"살구꽃이 피면, 복숭아꽃이 피면, 한여름 참외가 익
으면, 초가을 서쪽 연못에서 연꽃이 피면, 가을 국화가
피면, 겨울철 큰 눈이 내리면, 세밑에 화분의 매화가
피면 모인다."
풍류를 즐긴 명분이 너무나 담백하고 낭만적입니다.
감사의 태엽을 열심히 감아야 일상의 시침은 멈추지
않고 행복의 시간을 가리킬 것입니다. 우리도 계절이
바뀔 때마다 감사를 나누어 소확행小確幸(작지만 확실한
행복)을 누려보면 어떨까요?

읽고, 잊고, 잃고

말하기 전에 들어야 하고, 쓰기 전에 읽어야 합니다. 하지만 사람들은 도무지 듣지는 않고 말하려고만 하며, 읽지도 않고 쓰려고만 합니다. 무라카미 하루키는 『직업으로서의 소설가』에서 작가가 되려는 사람이 가장 먼저 할 훈련으로 '책을 많이 읽는 것'을 지목했습니다.

"아무튼 닥치는 대로 읽을 것, 조금이라도 많은 이야기에 내 몸을 통과시킬 것, 수많은 뛰어난 문장을 만날 것. 때로는 뛰어나지 않은 문장을 만날 것."

하루키는 이 네 가지가 작가 지망생이 해야 할 가장 중요한 작업이라고 강조했지요. 고전과 역사를 읽어야 가치와 정의를 잊지 않고, 가치와 정의를 잊지 않아야 상식과 원칙을 잃지 않습니다.

영화 〈4등〉은 1등만 추구하다 소중한 가치를 잃어버린 우리의 자화상입니다. 수영에 재능이 있지만 대회만 나가면 4등을 하는 준호, 매질이 싫어 운동을 포기했지만 성적을 올리려고 준호를 매질하는 코치 광수, "준호 매 맞는 것보다 4등이 더 무섭다"며 이를 묵인하는 준호 엄마, 젊은 기자 시절 선수촌에서 광수에게 가해진 폭력을 알고도 "맞을 짓을 했다"며 외면했던 준호 아빠. 사실 우리 모두 '1등만 기억하는 세상'의 피해자이자 가해자입니다.

"인간이 우수하다고 해서 고귀한 것은 아니다. 과거의 자신과 다른 사람이 되어야 한다."

영화 〈킹스맨〉에 나오는 대사처럼, '자기와의 싸움'에서 이기면 모두 1등이 되는 세상을 꿈꾸어봅니다.

상태메시지에서 그 사람의 인생철학을 읽을 수 있습니다. '감사'라는 단어는 없지만 긴 여운을 남겨준, '30초 감사' 독자들의 상태메시지를 골라보았습니다. "희망은 서툴러도 괜찮다"(임희창 대신고 교장), "아이들의 이름을 불러주자"(정종민 여주교육지원청장), "함께 행복해요"(김상래 성도GL 사장), "나로 인해 다른 사람이 행복해질 수 있기를"(김윤주 군포시장), "세상은 저절로 좋아지지 않는다"(방학진 민족문제연구소 사무국장), "배는 항구에 있을 때 가장 안전하지만 이것이 존재 이유는 아니다"(장소영 인간개발연구원 이사).

더불어 행복을 나누려는 따뜻한 리더십, 더 좋은 세상을 만들자는 불굴의 도전정신이 이 세상을 구원할 것이라 믿습니다.

국립김제청소년농업생명체험센터(원장 최희우) 직원
들과 함께 감사의 정의 내리기 게임을 했습니다.

- **관심** 사람에 대한 끝없는 관심 속에서 감사는 탄생하므
  로(이상진)

- **장점 찾기** 상대의 단점보다 장점을 찾으려 노력할 때 보
  이는 것이 감사니까(하순화)

- **고백** 처음 할 때는 어렵지만 하고 나면 잘 했다는 생각
  이 들기에(신용수)

- **촛불** 감사의 촛불을 밝히면 주위 사람들의 마음도 밝아
  져요(이현정)

- **난로** 내 마음도, 네 마음도 따뜻하게 만들어주니까(송기연)

- **나눔** 혼자 가지고 있으면 그대로 있지만 더불어 나누면
  이자가 불어나기에(김신철)

- **농사** 열심히 할수록 수확이 늘어나니까(정준영)

올해도 감사 농사 대풍大豊하세요.

"모두가 엔진을 영원하다고 했지만 실제로 영원한 것은 인간이다. 인간은 영원하고 엔진은 마모되는 것에 다름 아니라는 역설을 보여주고 싶었다."

영화 〈설국열차〉의 봉준호 감독이 한 말입니다. 얼어붙은 지구 위를 멈추지 않고 1년 주기로 한 바퀴씩 도는 열차 안에서 유혈폭동이 일어납니다. 바로 그때 한 사람이 열차를 멈추고 밖으로 나가자고 말합니다. 모두 열차 '밖'으로 나가면 얼어 죽는다고 믿고 있었기에 열차 '안'의 권력에만 집착하던 상황이었지요. 하지만 그는 '시선 혁명'으로 창밖에서 희망의 징조를 발견한 터였습니다. 설국열차는 우리 마음속에서도 달립니다. 오늘도 창밖 세상을 향한 따뜻한 시선을 거두지 말기를 바랍니다.

할머니 시인처럼

난 말이지, 사람들이

친절을 베풀면

마음에 저금을 해둬

쓸쓸할 때면

그걸 꺼내

기운을 차리지

너도 지금부터

모아 두렴

연금보다 좋단다

● 「저금」

102세까지 산 일본의 할머니 시인 시바타 도요는 '재앙'이 아닌 '축복'의 노년을 살았지요. 92세 때부터 시를 쓰기 시작한 그녀의 시집은 100만 부 넘게 팔렸다고 합니다. 성공비결은 소소한 일상에 감사하는 태도였지요. 오늘도 서로 저금할 수 있게 친절과 감사를 나누면 어떨까요?

생생하게 상상하라

> "생생하게 상상하고 간절하게 소망하라. 그럼 반드시
> 이뤄질 것이다."
>
> ● 폴 마이어

작가 황석영은 대하소설 『장길산』을 쓰기 전에 황해도를 한 번도 가본 적이 없었습니다. "황해도 구월산 일대에서 활동한 도적으로 관군이 토벌하려 했으나 실패"라는 한 줄도 안 되는 문구가 공식 기록의 전부였지요. 하지만 작가는 철저한 자료 조사와 상상력을 발휘해 작품 10권에 황해도 일대의 모습을 완벽하게 재현해냈지요. 영화 〈벤허〉의 원작 작가 루 윌리스와 일본 문화론의 고전이 된 『국화와 칼』의 저자 루스 베네딕트도 집필 전에 중동과 일본을 한 번도 가본 적이 없었다고 합니다. 오늘도 생생하게 상상하고 간절하게 소망하는 하루가 되기를 바랍니다.

"비스듬히 드러눕고 옆으로 삐딱하게 서면서 경건한 마음을 가질 순 없다."

다산 정약용은 유배지에서 자식들에게 보낸 편지를 통해 태도의 중요성을 강조했습니다. 하버드대학교 경영대학원 에이미 커디 교수도 태도의 중요성을 역설했습니다. 특히 그녀는 두 발을 당당하게 벌리고 허리에 손을 얹는 '원더우먼 자세'가 성공을 부른다고 주장해 엄청난 반향을 불러일으켰지요.

영어 알파벳에 숫자를 대입하면, 즉 a에 1, b에 2, c에 3 …… x에 24, y에 25, z에 26을 대입하면 이런 공식이 성립합니다.

attitude (태도): 1+20+20+9+20+21+4+5=100

결국 100점 인생도 태도에서 출발합니다. 오늘도 당당한 자세로 멋진 하루를 시작하면 어떨까요?

"산다는 건 그런 게 아니겠니. 원하는 대로만 살 수는
없지만, 알 수 없는 내일이 있다는 건 설레는 일이야.
두렵기는 해도."

●여행스케치, 〈산다는 건 다 그런 게 아니겠니〉

"절대로 약해지면 안 된다는 말 대신 뒤처지면 안 된
다는 말 대신 지금 이 순간 끝이 아니라 나의 길을 가
고 있다고 외치면 돼."

●마야, 〈나를 외치다〉

고졸 공채 출신인 김동현 삼성SDS 부장이 한 강연회
에서 말했지요.
"박찬호 선수는 아무도 메이저리그 진출을 생각하지
못할 때 미국으로 건너가 꿈을 이뤘다. 남들이 하지
않는 일, 새로운 일에 도전해야 더 큰 기회를 얻을 수
있다."
두렵지만 설레는 마음으로 오늘도 나의 길을 가고 있
다고 외쳐보면 어떨까요?

서재에서 자료를 정리하다 편지 한 장을 발견했습니다. 2013년 작성한 이 편지에는 갈색 낙엽이 귀엽게 붙어 있었지요. 경희대학교 후마니타스 칼리지 시민교육을 수강하는 학생들에게 그해 가을 교정의 낙엽을 이용해 감사편지를 써보라는 과제를 내준 기억이 떠올랐습니다.

"낳아주고 키워주셔서 감사해요. 매일 아침 깨워주고 밥해주셔서 감사해요. 항상 따뜻한 눈으로 대해주셔서 감사해요."

이 편지를 작성한 학생은 처음에는 매우 어색해했지만 마음에 물꼬가 터지자 어머니에 대한 감사를 봇물처럼 쏟아냈습니다. 봄, 여름, 가을, 겨울마다 그 계절의 상징을 담아 소중한 사람에게 감사편지를 써보면 어떨까요?

자신감

취업 포털 사이트 '사람인'이 취업 준비생 763명을 대상으로 '취업 준비 중 잃은 것'에 대해 물었습니다. 자신감(64.4퍼센트)과 자존심(49퍼센트)이라는 답변이 가장 많았지요. 인간관계(42.6퍼센트), 꿈(37.8퍼센트), 열정(36.6퍼센트) 등이 그 뒤를 이었고요. '취업 준비 중 절대 잃고 싶지 않은 것'에도 자신감(35.4퍼센트)과 자존심(27.7퍼센트)이 상위권에 꼽혔더군요.

하루 5시간 이상 서 있는 영화관 알바였던 한 젊은이가 영화사 정규직 사원으로 입사한 비결은 '주전자 정신'이었습니다. 주전자는 '주인의식', '전문지식', '자신감'의 앞 글자를 따온 것이라고 합니다. 오늘도 잃었던 자신감(자율, 신뢰, 감사)을 되찾아 운명을 개척하는 당당한 하루가 되기를 바랍니다.

내가 그의 이름을 불러주었을 때

그는 나에게로 와서

꽃이 되었다

● 김춘수, 「꽃」 중

미국 물류서비스 회사 PIE는 배송기사들의 부주의로 매년 25만 달러의 손해를 보고 있었습니다. 원인의 56퍼센트는 컨테이너 물품을 제대로 분류하지 않은 탓이었지요. 회사는 품질관리 전문가인 에드워즈 데밍 박사에게 해결책을 의뢰했습니다.

"오늘부터 배송기사들을 '물품분류 전문가'라고 부르시오!"

데밍 박사의 권유를 수용한 이후 약 한 달 만에 배송 오류는 10퍼센트로 감소했습니다. '기사 아저씨'와 '물품분류 전문가'라는 호칭의 차이가 가져온 엄청난 변화였지요.

블랙홀 탈출법

"우울증이든 블랙홀이든 영원한 감옥은 아니다. 아무리 칠흑같이 어두워도 탈출이 불가능하지는 않다. 절망의 블랙홀에서도 빠져나올 수 있다는 사실에서 위안을 찾으라. 절대 포기하지 말라. 어디엔가 빠져나갈 길이 있다."

스티븐 호킹이 74회 생일을 앞두고 했던 강연 내용입니다. 호킹이 제시한 인생 블랙홀 탈출법은 다음과 같았지요.

"내가 가진 것에 감사하는 법을 배워라. 오로지 생존 목적을 위해 견디는데 그치지 않고, 자신이 할 수 있는 최선을 다해 불운을 초월해야 한다. 그래야 블랙홀을 빠져나갈 수 있다."

행복 빅뱅의 롱런long run을 누리고 싶다면 감사, 희망, 노력에 대한 롱런long learn도 잊지 말아야겠죠?

여성가족부가 발표한 '2016년 청소년 통계'에 따르면, 2015년 초등학교 6학년생의 평균 키는 남자 151.4센티미터, 여자 151.9센티미터입니다. 2005년에 비해 2.3센티미터, 1.6센티미터 커졌네요. 중학교 3학년생의 키도 남자(169.7센티미터)와 여자(159.8센티미터) 모두 1.2센티미터와 0.5센티미터 늘었습니다. 특히 고3 남학생의 평균 키인 173.5센티미터는 아시아 최장신이라는군요. 그런데 같은 기간 청소년 사망 원인 1위는 자살로 드러났습니다(인구 10만 명당 7.4명). 청소년 행복지수도 OECD 회원국 중에서 꼴찌였고요. 지금 우리가 정말 키워야 할 것은 외형적 '키'가 아니라 내면의 '기'가 아닐까요? 청소년들이 감사로 행복 기지개를 활짝 키면 좋겠습니다.

리우 올림픽 육상 여자 5,000미터 예선 경기 중 햄블
린과 디아고스티노 선수가 넘어졌습니다. 먼저 일어
난 디아고스티노는 혼자 뛰는 대신 햄블린을 일으켜
세웠습니다.

"일어나, 결승선까지는 달려야지."

두 사람은 나란히 뛰기 시작했습니다. 하지만 다친 무
릎이 아팠는지 디아고스티노가 주저앉고 말았지요.
이번에는 햄블린이 손을 내밀어 일으켜 세웠습니다.
간신히 결승선을 통과한 두 사람은 뜨거운 포옹을 나
누었지요.

"해 떨어져 어두운 길 / 네가 넘어지면 내가 가서 일으
켜 주고 / 내가 넘어지면 네가 와서 일으켜 주고 ……
가다 못 가면 쉬었다 가자 / 아픈 다리 서로 기대며."

노래 〈함께 가자 우리 이 길을〉의 한 구절처럼 서로 일
으켜주며 어둠의 터널을 무사히 통과할 수 있으면 좋
겠습니다.

여주 청소년 세종캠프(교장 원경희, 유영숙)에 참여한
학생들과 함께 감사의 정의 내리기 게임을 했습니다.

- 점심시간 마음의 배고픔을 달래주는 행복한 시간이므
  로(점동중 이혜원)

- 그림 감사의 붓으로 내 인생을 멋지게 그려나갈 거니까
  (여강중 조위성)

- 반점(,) 문장이 반점으로 끊임없이 이어지듯 내 인생도
  감사할 일과 감사받을 일들로 이어질 것이므로(여주제
  일중 원푸른바다)

- 직구 내 마음을 타인에게 빠르고 정확하게 전달할 수 있
  기 때문(충현중 김현성)

- 조미료 감사는 싱겁던 내 인생에 뿌려진 간이니까(여주
  중 김태은)

이 땅의 청소년들이 감사 레시피로 자신의 인생을 멋
지게 요리할 수 있으면 좋겠습니다.

카 네 기 의 그 림

"화살은 뒤로 당겼을 때만 앞으로 날아갈 수 있다. 삶이 너를 어려움으로 잡아끈다고 생각할 때 그건 삶이 너를 더 멋진 곳으로 보내주기 위한 것이다."

어느 캘리그라피 작품에 멋진 글씨로 적혀 있던 문구입니다. 강철왕 카네기의 사무실에는 커다란 그림이 걸려 있었습니다. 해안으로 밀려왔다가 모래톱에 아무렇게나 처박힌 나룻배 한 척을 묘사한 그림이었습니다. 그런데 그림 밑에는 이런 글귀가 적혀 있었지요.

"반드시 밀물 때가 온다."

나룻배 그림을 소중하게 보관한 카네기는 일평생 이 문구를 좌우명으로 삼았다고 합니다. 인생의 썰물에도 실망하지 않고 감사할 수 있다면 희망의 밀물은 반드시 오겠죠?

세상을 바꾸고 싶다면

미국 컬럼비아대학교 심리학과는 1968년 실험을 하나 진행했습니다. 길거리에서 지갑을 떨어뜨린 후 그속의 신분증을 주인에게 돌려주는 사람이 얼마나 되는지 관찰하는 실험이었죠. 실험 결과 45퍼센트의 신분증이 정확하게 주인에게 되돌아왔습니다. 하지만 대통령 후보 로버트 케네디가 암살당한 그해 6월 4일에는 신분증이 단 하나도 주인에게 돌아오지 않았죠. 나쁜 소식이나 언어는 사람들의 행동에 부정적 영향을 미칩니다. 미국 성인은 평균 2만 5,000개의 단어를 사용하는데, 타인을 가장 기쁘게 하는 단어는 "감사해요thank you"라고 합니다. 당신의 언어를 바꾸면change your words 세상이 바뀝니다change your world.

"나는 끼니를 거르는 일은 있어도, 신문이나 뉴스 매체를 거르고 지나가는 날은 있어서는 안 된다는 생각으로 살아왔다."

한국의 대표적인 생태주의자인 김종철 녹색평론 발행인의 말입니다. 그는 자신 같은 지식인이 "신문 읽기까지 그만두고, 그리하여 세상에 대한 관심을 끄고 딴전을 피운다면 그것은 범죄행위"라는 표현도 썼지요. 노벨평화상 수상자 103명의 공통점은 세상에 대한 뛰어난 공감능력이라고 합니다. 반면에 사이코패스는 사회적 공감능력이 상당히 떨어지지요. 공감은 타인의 고통을 나의 고통으로 느끼는 것입니다. 오늘도 무관심과 연민sympathy 스위치는 끄고off, 관심과 공감empathy 스위치는 켜고on 출발해볼까요?

1990년에 고속버스 크기만 한 허블 우주망원경을 디스커버리호에 실어 궤도에 올려놓은 직후, 미 항공우주국NASA은 실수를 깨달았습니다. 반사거울을 잘못 만들어 사진이 흐리게 나온 겁니다. 지구 상공 610킬로미터에 위치한 허블을 수리할 때까지 걸린 시간은 꼬박 3년. 과학자들은 참다못해 허블이 찍어 보낸 흐릿한 사진을 판독하는 기술을 개발했고, 이 과정에서 유방암 검진용 엑스선 사진 판독 기술이 개발되었지요. 간절한 마음으로 문을 두드리면 반드시 열립니다. 두드림Do-Dream, 실수를 두려워 말고 먼저 실행Do하면 꿈Dream은 이루어집니다. '실수'를 '실적'으로, '역경'을 '경력'으로 전환시키는 두드림의 기적을 믿어보세요.

"모든 사람이 이성을 잃고 너를 탓할 때 너 자신을 믿을 수 있다면, 네 주위의 사람들이 너를 믿지 않더라도 너 자신을 믿을 수 있다면."

『정글북』의 작가 키플링이 어린 아들에게 보낸 편지의 한 대목입니다. 아빠의 조언은 이렇게 이어졌지요.

"기다림 속에서도 기다림에 지치지 않고, 거짓이 다가와도 거짓으로 대하지 않고, 미움을 받더라도 미움에 굴하지 않으며, 나를 내세우거나 현명한 척을 하지 않을 수 있다면."

많은 사람이 황금알 낳는 거위가 되기도 전에 배를 가르더라도 황금알 낳을 때까지 기다릴 수 있다면 참 좋겠네요.

"꿈을 간직하되 꿈의 노예가 되지 않을 수 있다면."

키플링 편지의 마지막 구절처럼 살고 싶습니다.

성남 신기초등학교 6학년 4반 정재현 군은 엄현경 담임선생님의 권유로 5학년 때부터 감사일기를 썼습니다. 그리고 아침에 일어나면 이것을 호영미 대표가 운영하는 두루빛감사나눔 공동체 카페에 꾸준히 올렸지요. 호 대표는 이런 칭찬의 댓글을 달아주었습니다.

"아침에 감사 쓰는 멋진 재현이 최고!"

그러자 정 군이 다음과 같은 답글을 올렸지요.

"아침에 감사를 쓰면 학교생활이 다른 날과 다르게 활기차고 즐겁더라고요. 그런데 5학년 때 (감사를) 알게 되어서 슬프네요. 더 빨리 알게 되었으면 좋았을 건데……."

늦었다고 생각할 때가 가장 빠릅니다. 나중에 후회하지 말고 오늘부터 당장 감사일기 쓰기에 도전해보세요.

아들의 선물

한국가스공사 감사캠프에서 한 중년 남성을 만났습니다. 그분의 아들은 어린 시절 발음이 정확하지 않아 2년 가까이 발음 클리닉을 다녔다고 하더군요. 그랬던 아들이 지금은 많은 친구를 가진, 친화력 높은 21세 청년이 되었지요. 그분은 그것만으로도 감사하다며 아들에 대한 100감사를 정성껏 적어내려 갔습니다.

그런데 문득 그분이 힘든 시기를 함께 이겨낸 아들 덕분에 큰 선물을 하나 받았다는 생각이 들었습니다. 바로 남의 이야기를 진지하게 경청하는 태도였지요. 유심히 관찰해보니 그분은 항상 타인의 발언을 열심히 들어주시더군요. 화살은 뒤쪽으로 강하게 당길수록 더 멀리 날아갑니다. 어려움이 내 삶을 뒤쪽으로 당긴다면, 그것은 더 멋진 세상으로 보내주기 위해 힘차게 활시위를 당기는 것이라 믿어보세요.

행복이란

행복이란 무엇일까요? 나태주 시인은 "저녁 때 돌아갈 집이 있다는 것", "힘들 때 마음속으로 생각할 사람이 있다는 것", "외로울 때 혼자 부를 노래가 있다는 것"을 행복이라고 보았지요. 영화 〈사운드 오브 뮤직〉에 나오는 노래에도 "좋아하는 것들을 떠올리면 슬픈 마음이 사라진다"는 가사가 있더군요.

"고층 건물에서 뛰어내리거나 고래하고 수영하란 얘기는 아니에요. 그것이 아니라 대담무쌍하게 살아가란 말이에요. 스스로를 밀어붙이면서."

소설 『미 비포 유』에서 불의의 사고로 사지마비 환자가 된 윌이 소극적인 여주인공 루이자에게 한 말입니다. 소소한 일상을 특별한 선물로 여기며 열심히 사는 것, 그게 바로 행복 아닐까요?

훌리건, 멀리건

유럽의 축구제전 '유로 2016'이 훌리건hooligan의 난동으로 몸살을 앓고 있습니다. 훌리건은 축구장에서 과도한 폭력을 행사하는 광적인 팬을 일컫는 용어인데, 원래는 거리에서 싸움을 일삼는 불량배나 부랑아를 지칭하는 말이었다고 합니다.

여야 지도부가 20대 국회 개원을 앞둔 주말 골프 회동에서 멀리건mulligan을 주고받으며 화기애애한 분위기를 연출했다고 언론이 보도했습니다. 멀리건은 공이 빗맞아 바로 앞에 처박히거나 엉뚱한 방향으로 날아가면, 벌타 적용 없이 상대에게 새로 칠 기회를 주는 관행입니다. 우리 삶터에서 훌리건(상대에 대한 배타)은 사라지고, 멀리건(상대에 대한 배려)은 살아나기를 소망합니다.

잡초를 약초로

'잡초雜草'는 일부러 키우지 않아도 아무 곳에서나 마구 자라는 풀을 일컫는 말입니다. 그래서 잡초에 대한 인식은 대체로 부정적이지요. 하지만 국립수목원이 〈잡초를 보는 새로운 시각−잡초에 반하다〉라는 주제로 개최한 전시회는 잡초에 대한 우리의 재인식을 촉구했습니다. 실제로 잡초로 취급한 민들레는 변비에 효과가 뛰어나고, 개똥쑥과 쇠비름은 말라리아 치료제와 오메가3의 원료로까지 활용되지요. 동사 '반하다'는 '남의 의견 따위를 거스르거나 어기다'와 '어떤 사람이나 사물 따위에 마음이 홀린 것같이 쏠리다' 등 두 가지 정반대 의미를 갖고 있습니다. 상대를 잡초에서 약초藥草로 바꾸는 비법, 나 자신에게 있습니다.

슬픔에게 배우다

"인생이란 책에는 뒷면에 정답이 없다."

미국의 만화가 찰스 슐츠가 무려 반세기 동안 신문에 연재한 「피너츠」에 나오는 말입니다. 이 만화의 주인공 찰리 브라운은 "행복한 상태에서는 재미있는 요소가 전혀 없다. 유머는 슬픔으로부터 나온다"는 말도 남겼지요. 『성경』의 「전도서」에도 비슷한 구절이 나옵니다(7장 4절).

"지혜로운 사람의 마음은 초상집에 가 있고 어리석은 사람의 마음은 잔칫집에 가 있다."

어느 시인이 노래한 것처럼 슬픔에게 무릎 꿇고 배울 수만 있다면 절망의 '애통mourning'에서 희망의 '아침morning'을 발견할 수 있겠죠?

한국방위산업진흥회 직원들과 함께 감사의 정의를 내
려보았습니다.

- **첫걸음** 일단 첫걸음만 내딛으면 중단 없이 전진하므로
  (김소희)
- **마중물** 더 큰 감사를 불러와 갈증을 풀어주니까 (우지현)
- **감사** 매년 감사感謝하는 마음으로 감사監査를 받아 왔으
  므로 (조형렬)
- **양념** 짜고 매운 인간관계에 감사 양념을 치면 감칠맛이
  나니까 (윤영식)
- **지하수** 눈에 보이지 않지만 없어선 안 될 존재이므로 (김
  경관)
- **보증서** 감사는 가장 확실하게 행복을 보증해주니까 (김
  정환)
- **소통** 마음과 마음을 연결해주니까 (정완용)

무적無敵 감사로 완승完勝하는 하루가 되기를 바랍니다.

감사의 선물

호원대학교 항공서비스학과 김점남 교수는 2년 전부터 제자들에게 감사를 전파했습니다. 그중에는 경남 함양에서 유학온 강선혜 양도 있었지요. 처음에는 별 생각 없이 하루 다섯 가지 감사 쓰기를 시작했던 강 양은 마음이 긍정적으로 바뀌는 것을 느끼고 하루 열 가지 감사 쓰기로 목표를 높였습니다. 바로 그때부터 그녀에게 좋은 일이 찾아오기 시작했습니다. 호원대학교 전교 사진 공모전에서 금상을 수상했고, 전국 대학생을 대상으로 실시된 한국공항공사 기자단 선발시험 합격자 20명 명단에 당당히 이름을 올렸지요.

"마치 누군가 잔뜩 선물을 준비했다가 저에게 주는 것만 같아요."

감사하는 그녀에게 또 어떤 선물이 배달될지 궁금해집니다.

희망의 탄생

희망 혹은 사랑은 어떻게 생겨나는 것일까요? 그리스 레스보스 섬의 난민캠프에 달려간 프란치스코 교황의 말에서 그 단서를 찾을 수 있습니다.

"여러분은 결코 혼자가 아닙니다. 희망을 잃지 말아주세요. 우리가 다른 이들에게 줄 수 있는 가장 큰 선물은 바로 사랑입니다."

루쉰의 소설 『고향』에는 이런 구절이 나오지요.

"희망이란 본시 있고 없고를 말할 수 없는 것. 그것은 길과 같다. 사실 땅 위에 처음부터 길은 없지만 다니는 사람이 많아지면 길이 되는 것이다."

아웅 산 수 치도 "희망이 없다는 생각이 들 때는 누군가를 도우라"고 말했지요. 감사로 행동行動하고 감사로 동행同行할 때 희망과 사랑은 생겨납니다.

행 운 아

2015년 동원산업 1박2일 감사캠프에서 마지막 종합 토론을 진행했을 때의 일입니다. 감사경영 책임자로 서 프로그램 전 과정을 뒷자리에서 묵묵히 지켜보기 만 하던 김종남 본부장(현 동원리더스아카데미 운영지원 실장)이 마이크를 달라고 하더군요.

"정말 아쉽습니다."

그의 첫 마디에 강의실은 물을 끼얹은 듯 조용해졌습 니다. 교육에 대한 불만이 있었나 싶어 저도 가슴이 철 렁했지요. 해군사관학교 출신으로 조국 해양 수호에 인생을 바친 그의 발언은 이렇게 이어졌습니다.

"감사를 늦은 나이에 만난 것이 너무나 아쉽습니다. 젊은 나이에 감사를 만난 여러분은 행운아입니다. 이 행운을 절대 놓치지 마십시오!"

자기 인생의 선장이자 행운아로서 오늘도 감사 항해 시작합니다.

남의 시선

연세대학교 심리학과 김영훈 교수팀이 행인을 대상으로 실험을 했습니다.

"설문지를 작성해주시면 1,000원을 드립니다."

그런 다음 2,000원을 봉투에 담아 주었지요. 더 많이 받은 1,000원을 몇 사람이 돌려주는지 확인하는 실험이었습니다. 김 교수팀은 두 가지 상황을 설정했는데, 혼자 있을 때와 옆에 사람이 있을 때였지요. 혼자 있을 때는 100명 중 약 20명이 돌려주었지만 옆에 사람이 있을 때는 그 수치가 37명까지 올라갔습니다. 서양인을 대상으로 같은 실험을 했을 때는 혼자 있든 옆에 사람이 있든 큰 차이가 없었습니다. '남의 시선에 따라 흔들리는 낮은 도덕성'으로 행복한 인생을 살 수는 없습니다. 신독慎獨■의 감사 실천을 다짐해봅니다.

■신독: 홀로 있을 때에도 도리에 어그러짐이 없도록 몸가짐을 바로 하고 언행을 삼가다.

"한국 사람은 '남이 나를 좋게 생각하면 나는 좋은 사람, 남이 나를 나쁘게 생각하면 나는 나쁜 사람'이라고 생각한다."

연세대학교 심리학과 김영훈 교수가 한국인의 심리를 연구하고 내린 결론입니다. 그는 OECD 회원 34개국 중 부패 지수 27위, 자살률 1위(10만 명당 40명)로 상징되는 낮은 행복지수의 원인도 '남의 시선에 따라 흔들리는 낮은 도덕성'에서 찾았지요. 아무리 비도덕적인 일이라도 '남들도 다 하니까 괜찮다', '남이 안 보면 상관없다'고 생각하는 관행을 바꾸지 않는 한 '기적을 이룬 나라, 기쁨을 잃은 나라'의 딜레마에서 벗어날 수 없습니다. 나의 행복 주도권은 남의 시선에 넘겨주지 말아야겠죠?

긍정심리학 권위자인 소냐 류보미르스키 교수는 다음
과 같이 '행복해지기 위한 열두 가지 노력'을 제시했
습니다. 목표에 대한 헌신, 몰입 체험, 삶의 기쁨 음미,
감사 표현, 낙관주의, 사회적 비교 피하기, 친절의 실
천, 돈독한 인간관계, 종교 생활, 명상, 스트레스 대응
전략 개발, 용서 등입니다.

그런데 아십니까? 감사 쓰기를 습관화하면 이 중에서
6개는 자동적으로 수행하게 된다는 사실을!

우선 감사 쓰기는 곧 감사 표현입니다. 지속적 감사는
낙관주의를 갖게 하고 삶의 기쁨을 음미하게 해줍니
다. 자신도 모르게 친절을 실천하고 가끔은 타인을 용
서하게 됩니다. 덩달아 인간관계도 돈독해지지요. 1석
6조 감사 쓰기에 도전해보세요.

절망의 절정

천재 작곡가로 명성을 날리던 베토벤은 1800년 귓병으로 청력을 상실했습니다. 난청 증세가 나타나기 시작한 때는 그의 나이 27세 무렵. 소리가 들리지 않는다는 것은 작곡가에게 곧 사형선고였지요. 실제로 베토벤은 청력 상실 2년 후인 1802년 유서를 작성하기도 했습니다. 하지만 절망의 벼랑 끝에서 위대한 창조의 불꽃이 타오르기 시작했습니다. 교향곡 3번 〈영웅〉(1804), 피아노 소나타 〈열정〉(1805), 교향곡 5번 〈운명〉(1808), 피아노 협주곡 〈황제〉(1809). 임종 3년 전인 1824년에는 교향곡 6번 〈전원〉을 작곡했고요. 절망의 경계 끝에서 간절히 소망할 때 희망의 절정은 마침내 꽃처럼 피어납니다.

인생의 명약

네팔 샹보체에는 세계에서 가장 높은 고도에 지은 호텔 '에베레스트 뷰'가 있습니다. 카트만두에서 비행기로 이동해 간이 활주로에 내리면 곧바로 이 호텔에 갈 수 있지요. 하지만 뛰어난 조망에도 투숙객은 적습니다. 에베레스트처럼 높은 산은 한 걸음씩 올라가지 않으면 고산병에 걸리기 때문이지요.

미국 애리조나 주에는 은퇴한 억만장자가 모여 사는 마을 '선 밸리'가 있습니다. 이 부촌에는 일반인이 흔히 겪는 스트레스, 걱정, 변화가 없지요. 하지만 여기서 오래 살면 면역력은 떨어지고 치매 발병률은 높아집니다.

꾸준한 걷기와 적당한 스트레스가 고산병과 치매의 명약이듯이, 어떤 상황도 이겨낼 감사가 인생의 명약입니다.

감사 쓰기

2015년 설날에 중학교와 초등학교에 다니고 있던 세 조카에게 공약했습니다.

"하루 다섯 가지 감사 쓰기를 100일 동안 빼먹지 않고 실천하면 10만 원을 주겠다."

세 조카가 눈빛을 빛내며 감사 쓰기의 결의를 다졌습니다. 그리고 몇 개월이 흘렀습니다. 가족모임이 있던 날, 세 조카 중에서 초등학교 6학년인 둘째 다은이가 말했습니다.

"큰아빠, 100일 동안 감사 쓰기 했어요."

현금 10만 원을 건네고 물어보았습니다.

"감사일기 쓰니까 무엇이 가장 크게 변했니?"

다은이가 조금도 망설임 없이 씩씩하게 답했습니다.

"하루하루가 보람차고 학교생활이 행복해졌어요!"

대한민국 청소년들이 다은이처럼 감사 쓰기로 더 행복해지면 좋겠습니다.

다 함께 차차차

2015년부터 누려온 일상의 기쁨이 하나 있습니다. 소박한 다구茶具를 갖추고 틈날 때마다 녹차나 홍차를 우려 마시는 습관을 들인 것입니다. 우연히 김민선 차문화연구소장의 특강을 들은 것이 계기가 되었지요. 지금도 뇌리에 남아있는 이차대주以茶代酒와 다반사茶飯事는 감사 생활에도 응용하고 있습니다. 불평 대신 감사, 절망 대신 희망, 미움 대신 용서를 선택해야 할 때는 '술酒 대신 차茶를 마시겠다'는 의미의 '이차대주'를 떠올립니다. 지속적 감사 쓰기를 다짐해야 할 때는 '차茶를 마시고 밥飯을 먹는 일처럼 일상적인 일'을 이르는 말인 '다반사'를 떠올리고요. 오늘도 감사로 다茶 함께 차차차茶茶茶 할까요?

백 팔 번 뇌

김민선 차문화연구소장은 '차 다茶'를 숫자와 연결해 보라고 했습니다. 열 십+을 2개 더한 풀 초++는 20, 여덟 팔八을 닮은 사람 인人과 열 십+을 곱하면 80, 여덟 팔八은 8로 산정했지요. 그런데 신기하게도 이 숫자를 모두 합하면 108이 됩니다. '차를 마시면 108세까지 장수할 수 있다'는 해석도, '차를 마시면 백팔번뇌에서 벗어나 해탈의 경지에 이를 수 있다'는 해석도 가능해졌지요. 실제로 불가에는 '차를 마시는 것'과 '마음을 수행修行하는 것'은 하나라는 다선일여茶禪一如의 정신이 있습니다. 걱정과 불안, 시기와 질투 등 마음의 번뇌에서 벗어나 행복하게 살고 싶다면 '차 마시며 감사 쓰기'를 시작하세요.

　　　　　　　　낙하산

서울시 목동 산돌교회(담임목사 김강식) 성도들과 함께
감사의 정의 내리기 게임을 했습니다.

- **낙하산** 펼치면 살고 펼치지 못하면 죽어요(오준희)

- **집** 편안함, 기쁨, 행복의 원천(양종선)

- **피난처** 힘겨워도 감사하면 행복해요(한병서)

- **확률** 높은 로또 나의 실천에 따라 1등, 적어도 3등은 확
  실(강정연)

- **열매** 감사하면 할수록 좋은 일들이 자꾸자꾸 생기니까
  (박은희)

- **하모니** 서로 어우러지게 하므로(김윤정)

- **심장** 축복의 인생을 살려면 감사의 박동이 멈출 수 없죠
  (임종철)

- **안정제** 마음이 편안해지므로(노인숙)

- **구원** 범사 감사의 선물이 구원이니까(김남현)

최고의 안정제이자 해독제, 항암제인 감사로 진정한
구원의 기적을 맛보세요.

차마고도

차마고도茶馬古道, Ancient Tea Hores Road는 실크로드Silk Road보다 200년 앞선 인류 최고最古의 무역로입니다. 중국 윈난 성雲南省에서 출발해 쓰촨 성四川省을 거쳐 티베트에 도착하는 경로가 중심축이지요. 험난하기로 유명한 차마고도는 왜 생겨났을까요? 유목민족인 티베트족은 신선한 채소를 섭취하지 못하여 괴혈병에 시달렸습니다. 구하기 어려운 채소 대신 비타민C를 공급해줄 차茶가 절실했지요. 사방에 적을 둔 중국에게는 전쟁에 사용할 튼튼한 말馬이 필요했고요. '통하면 아프지 않고通卽不痛 통하지 않으면 아프다不通卽痛'는 말이 있습니다. 윈난 성 보이차를 마시며 감사 소통의 향기를 음미해봅니다.

감사인사 부메랑

삼성중공업 감사나눔 간담회 진행을 위해 거제조선소를 한 달 내내 방문한 적이 있습니다. 수만 명의 직원과 외부인이 출입하다 보니 신분증을 확인하고 출입증과 안전모를 지급하는 직원들이 별도로 있었지요. 출입 절차를 밟을 때마다 일부러 밝은 표정으로 먼저 인사를 건넸습니다.

"안녕하세요! 반갑습니다! 감사합니다!"

처음에는 이상하게 바라보던 직원들도 진심을 다하여 인사를 건네자 반갑게 맞아주기 시작했지요. 마지막 날, 한 여직원이 과자에 이런 문구의 쪽지를 붙여 선물했습니다.

"늘 쾌활하게 다가와 주셔서 저까지 하루가 즐거워집니다. 항상 감사드립니다."

만나는 모든 사람에게 먼저 감사인사를 건네면 어떨까요?

감사인사 나누기

"행복한 고객은 행복한 직원이 만든다."

우리은행 잠실지점 고객만족 담당사원인 임소라 씨가 오랜 고민 끝에 내린 결론입니다. 행복한 고객과 직원을 만들기 위해 그녀가 선택한 여러 방법 중 하나가 '감사인사 나누기'였지요. 고객을 응대할 때 "비밀번호 눌러주시겠어요" 대신에 "비밀번호 눌러주시면 감사하겠습니다"라고 인사했고, 오래 기다린 고객에게는 "기다리게 해서 죄송합니다" 대신에 "기다려 주셔서 감사합니다"라고 인사했습니다. 한 달 후 본사가 실시한 무작위 고객만족도 조사에서 잠실지점의 평점은 최상위 등급으로 급상승했지요. 오늘보다 내일, 내일보다 모레 더 많이 감사하고 더 많이 행복하면 좋겠습니다.

"마당을 쓸었습니다/지구 한 모퉁이가 깨끗해졌습니다//꽃 한 송이 피었습니다/지구 한 모퉁이가 아름다워졌습니다//마음속에 시 하나 싹텄습니다/지구 한 모퉁이가 밝아졌습니다."

나태주 시인이 시詩의 존재 의미를 노래한 구절이지요.

"수처작주 입처개진隨處作主 立處皆眞."

중국 당나라 시대의 선승인 임제 선사가 남긴 어록입니다. '가는 곳마다 주인이 되고 서는 곳마다 참되게 하라'는 뜻이지요.

"고맙습니다!"

오늘 아침 우리가 서로에게 던지는 감사인사 한마디가 이 슬픈 지구를 그래도 살 만한 따뜻한 세상으로 만듭니다. 감사만사성感謝萬事成, 우리가 머무는 모든 곳에서 감사 꽃이 활짝 피어나면 좋겠습니다.

점자 감사 교재

헬렌 켈러의 손바닥 위에 애니 설리번 선생이 손가락을 이용해 글자 하나를 썼습니다. 그것이 보지도, 듣지도 못하던 이 장애인 소녀가 언어를 배우는 출발점이 되었지요. 나중에 헬렌 켈러는 전 인류에게 감동을 선사한 희망의 상징이 되었습니다.

유영주 강사는 사회복지공동모금회의 후원을 받아 인천시각장애인복지관에서 행복나눔125 프로그램을 진행한 적이 있습니다. 당시 시각장애인 수강생들이 손가락을 더듬어 읽을 수 있도록 점자點字 감사 교재를 만들면서 '감사 표현의 방식이 참으로 다양할 수 있겠다'는 생각을 해보았다고 합니다. 모든 장애물을 넘어서 이 세상 만민에게 감사의 희망을 전할 수 있으면 좋겠습니다.

후일지효

여주대학교 세종리더십연구소(소장 박현모)가 세종실록에 나오는 사자성어 12개로 '세종달력'을 만들었는데, 그중 몇 가지만 뽑아보았습니다.

- 범사전치凡事專治 모든 일에 온 마음을 다하라

- 유시이식有時而息 일과 휴식 사이의 균형이 필요하다

- 여민가의與民可矣 더불어 일하는 리더가 성공한다

- 심열성복心悅誠腹 다른 사람을 진심으로 감복시켜라

- 생생지락生生之樂 즐거운 일터 만들기는 리더의 소명이다

달력 제목은 '후일지효後日之效'인데 "큰일을 이루려 할때 처음에는 비록 순조롭지 못하더라도 후일 그 공효는 창대할 것"이라는 세종의 어록에서 따온 것입니다(세종실록 19년 8월 6일). 세종의 마음으로 또 하루를 시작합니다.

감사 반성문

매너리즘에 '빠진' 감사를 반성합니다. 이제 매너리즘
에서 '빠져나오는' 감사를 하겠다고 다짐할 수 있어서
감사합니다. '보여주기'식 감사를 반성합니다. '보든
안보든' 실천하는 감사를 다짐할 수 있어서 감사합니
다. '남의 시선'을 너무 의식한 감사를 반성합니다.
'나의 시선'으로 봐도 떳떳하고 당당한 감사를 하겠다
고 다짐할 수 있어서 감사합니다. '숙제' 같았던 감사
를 반성합니다. '축제' 같은 감사만 실천할 것을 다짐
할 수 있어서 감사합니다. '혼자만 누리는' 감사를 반
성합니다. '더불어 나누는' 감사 실천을 다짐할 수 있
어서 감사합니다. 아직 완성된 것은 없지만 무한한 가
능성이 열려 있는 나의 현재진행형 감사에도 감사합
니다.

나눠야 남는다

클라크라는 미국 여인이 시골 농장에서 유년 시절을
보냈을 때의 일입니다. 그녀의 아버지는 온 식구가 힘
겹게 추수한 감자를 겨울에 찾아오는 손님들에게 아
낌없이 나눠주었습니다. 클라크는 아까운 생각에 불
만을 털어놓았지요. 그러자 아버지가 빙그레 웃으며
말했습니다.

"얘야, 감자는 나눠야 남는 법이란다. 쌓아두면 감자
는 썩어버리지."

클라크는 그 말을 이해할 수 없었습니다. 그런데 이듬
해 봄까지 감자가 썩지 않고 남아있던 집은 클라크네
가 유일했습니다.

나누지 않고 그대로 쌓아두었던 집에서는 감자가 모
두 썩어나갔습니다. '감자'라는 글자에서 한 획을 빼
면 '감사'가 됩니다. 감자로 구황救荒▪하듯 감사로 구
세救世▪해야겠죠?

▪구황: 흉년 따위로 기근이 심할 때 빈민들을 굶주림에서 벗어나도
　록 도움.
▪구세: 세상 사람들을 불행과 고통에서 구함.

사단법인 행복나눔125 백현진 대리가 결혼식을 올리면서 '감사 결혼서약'을 했습니다. "당신을 평생 지켜주는 든든한 남편이 되겠다"는 신랑 서약이 끝나자 그녀의 신부 서약이 이어졌지요.

"세상에서 가장 소중한 그대를 남편으로 맞이합니다. 함께한 날보다 앞으로 함께할 날이 더 많음에 행복합니다. 진실한 눈빛, 해맑은 웃음, 한마디 말에도 따뜻한 배려가 있는 당신. 그런 당신을 존중하는 아내, 감사하는 아내가 되겠습니다. 어떤 어려움도 헤쳐나갈 것을 다짐하며 지금 이 마음 그대로 영원히 당신과 함께할 것을 참석하신 여러분 앞에서 맹세합니다."

감사 결혼서약으로 행복한 가정을 설계하는 부부가 더 많아지면 좋겠습니다.

목화씨, 감사씨

문익점은 33세에 원나라에 사신으로 갔지만 고려 왕족 내부의 권력싸움에 휘말려 파직되었습니다. 백수가 되어 고향 산청으로 돌아온 그에게 남은 것은 대륙에서 몰래 가져온 목화씨 두어 개가 전부였지요. 문익점은 시행착오를 거듭하다 마침내 3년 후 목화 재배에 성공했습니다. 이를 독점하면 재산과 벼슬을 동시에 거머쥘 수도 있었지만, 그는 고향 사람들에게 목화씨를 무료로 나눠주고 무명 제조법도 전수했지요. 목화와 무명은 10년 만에 전국으로 퍼져나갔고, 20년 만에 온 백성을 '백의민족'으로 바꾸어 버렸습니다.

좋은 것을 나누면 빠르게 퍼집니다. 감사씨가 전국으로 퍼져서 온 국민이 '감사민족'으로 거듭나기를 소망합니다.

ᚕ ᚕ ᚕ ᚕ ᚕ ᚕ ᚕ ᚕ ᚕ ᚕ

"너의 그 한 마디 말도 그 웃음도 / 나에겐 커다란 의미 / 너의 그 작은 눈빛도 / 쓸쓸한 그 뒷모습도 나에겐 힘겨운 약속."

산울림 노래 〈너의 의미〉의 첫 대목입니다. 가사 '작은 눈빛'과 '쓸쓸한 뒷모습'에서 짝사랑의 아픔이 엿보입니다. "슬픔은 간이역의 코스모스로 피고"에서 그 아픔은 더 선명해졌지요. 동화세상 에듀코 직원들은 감사학교 졸업식에서 '작은 눈빛'을 '작은 표현'으로, '슬픔은 간이역의 코스모스로 피고'를 '감사는 마음 밭에 코스모스로 피고'로 개사해 불렀습니다. 그리고 '쓸쓸한 그 뒷모습도 나에겐 힘겨운 약속'이 '소중한 그 마음도 나에겐 행복한 약속'이 되었지요. 슬픈 가사를 바꾸듯 힘든 인생도 감사로 개사하면 어떨까요?

전남 담양 소재의 (주)아이지스 직원들과 함께 감사의
정의 내리기 게임을 했습니다.

- **해님과 달님** 낮엔 해님처럼, 밤엔 달님처럼 감사도 항상
  우리 곁에서 빛나므로(강태흥)

- **단풍잎** 보는 순간 누구나 감탄하니까(박병기)

- **모닥불** 몸과 마음이 따뜻해지기 때문(이기주)

- **등산** 오를 때는 힘들지만 오를수록 상쾌하므로(송민수)

- **블랙커피** 낯설다가 일단 익숙해지면 없어서 못사니까
  (김은숙)

- **자선사업** 나눌수록 행복감이 커지므로(최송웅)

- **미소** 주고받는 사람의 얼굴에 자연스럽게 미소가 떠오
  르니까(오정철)

감사를 쓰고 말하고 나누면 '화난' 표정이 '환한' 표정
으로 바뀝니다.

불평도 고마워

영국 케임브리지대학교 요헨 멘게스 교수팀이 항공기 조종사 양성학교의 교관 135명을 1년 동안 밀착 조사했습니다. 설문조사를 통해 교관들이 화가 났을 때, 자책감이 들었을 때, 자랑스러웠을 때를 파악한 뒤 조직·직업 정체성과의 상관관계를 분석했지요. 그 결과 조직 정체성이 강한 사람은 화가 나서 끊임없이 불평과 불만을 제기해도, 퇴사 의사 비율은 자책감이 들었을 때나 자랑스러웠을 때보다 낮았습니다. 회사와 자신을 동일시하기 때문에 불평과 불만이 퇴사보다 회사를 발전시키는 방법을 찾는 쪽으로 선회한 겁니다. 어느 정도의 불평과 불만은 오히려 회사 발전에 도움이 된다니, 이 세상에 감사하지 못할 일은 없습니다.

나노 감사

'나노Nano'는 10억 분의 1미터를 가리키는 용어입니다. 1센티미터를 1억 개로 쪼갠 크기인데, 물질을 이렇게 작게 쪼개고 나눌수록 의료, 에너지, 반도체, 정보통신 등의 분야에서 엄청난 기술혁신이 가능해집니다. 돈키호테는 자신의 이상적 여인 둘시네아의 장점과 미덕을 무려 열두 가지 표현을 동원해 묘사했지요. 황금빛 머릿결, 엘리시움 들판 같은 이마, 무지개 같은 눈썹, 반짝이는 두 눈동자, 장밋빛 두 뺨, 산호빛 입술, 진주 같은 이, 석고같이 하얀 목, 대리석 같은 가슴, 상아빛 두 손, 눈처럼 하얀 피부, 정절을 지키는 성품. 우리도 소중한 사람에게 100감사를 적어서 선물해 '인생 혁신'을 이루는 '나노 감사'를 맛보면 어떨까요?

부자유친

한 노부인이 소나기를 피해 백화점으로 들어갔습니다. 비에 흠뻑 젖은 노부인에게 직원들의 차가운 시선이 쏟아졌지요.

'물건은 사지 않고 비만 피할 속셈이군.'

바로 그때, 말단 직원 페리가 다가왔습니다.

"부인, 불편해하지 마세요. 의자에 앉아 비가 그치길 기다리세요."

2시간 후 노부인은 백화점을 나서며 페리의 명함을 요청했습니다. 그리고 몇 달 후, 백화점 사장에게 편지가 왔지요.

"귀하와 계약하고 싶습니다. 단, 페리 씨가 모든 계약을 담당해야 합니다."

백화점 2년치 매출에 해당하는 물품을 주문한 그 노부인은 '철강왕' 카네기의 어머니였지요. 부자유친(부드럽고 자상하고 유연하고 친절하게), 행복 인생의 열쇠입니다.

"아파 보니 노래가 얼마나 소중한지 알 수 있었다."

성대에 생긴 혹을 발견해 수술을 받은 가수 장사익이 한 말입니다. "노래를 하는 사람이 노래를 잃고 지낸 시간은 눈물이었다"는 고백도 이어졌지요. 의사의 지시로 침묵해야 했던 보름 동안 그는 자신의 노래를 반복해 들었다고 합니다.

"노래 말고는 아무것도 할 것이 없다는 사실을 깨달았다. 내가 세상에 나온 이유가 노래하기 위해서라는 사실도 알았다."

그리고 이런 말을 덧붙였지요.

"노래 하나를 하더라도 정성을 다해야겠다는 생각이 들었다."

장사익의 고백 중 '노래'를 나의 소명 ○○로 바꾸고, 과연 나는 장사익과 같은 고백을 할 수 있을지 자문해 봅니다.

여우가 학을 초대해 음식을 대접했습니다. 하지만 부리가 긴 학은 납작한 접시에 담긴 음식을 먹을 수 없었지요. 이번에는 학이 여우를 집으로 초대했지만 주둥이가 큰 여우는 호리병에 담긴 음식을 먹을 수 없었습니다. 이솝우화 '여우와 학'의 줄거리입니다.

배려의 미덕을 보여주는 이야기도 있습니다. 제1차 세계대전에 참전한 오스트리아 피아니스트 파울 비트겐슈타인은 작전 수행 중 오른팔을 잃었습니다. 프랑스 작곡가 모리스 라벨이 그에게 작품을 헌정했고, 음악사에 길이 남을 명곡이 되었지요. 〈왼손을 위한 피아노 협주곡〉의 탄생 비화입니다. 기氣를 나누면分 기분氣分이 좋아지고 감사인사를 나누면 하루가 행복해집니다.

까치밥

빈 가지에 달린

누구의 빨간 심장 하나

……

언젠가 누굴 위해 저렇게

제 심장 내걸 날

있을 테지

● 김승기, 「까치밥」 중

『대지』의 작가 펄 벅이 1960년대 한국에 왔을 때의 일화입니다. '한국의 정수를 맛보기 위해 천년고도 경주를 가보고 싶다'는 작가를 태운 열차가 감나무가 많은 어느 시골 마을 앞을 지나고 있었습니다.

"저 나무 끝에 달린 빨간 열매가 뭐죠?"

"한국에는 겨울을 나야 하는 텃새를 위해 감을 남겨두는 '까치밥'이라는 전통이 있습니다."

이 설명을 듣고 펄 벅은 이렇게 말했다고 합니다.

"굳이 경주까지 갈 필요가 없겠네요. '까치밥'을 본 것만으로도 내가 한국에 온 목적이 모두 이루어졌어요."

공부

다산 정약용은 유배 생활 중에도 자녀 교육에 힘썼습니다. 폐족廢族의 신분으로 어차피 출셋길이 막힌 터이지만, 자녀들이 학문을 포기하지 않기를 희망했지요. 그래서 다산은 편지를 계속 보내 공부를 독려했습니다.

"이제 진실로 공부할 때가 되었다. 가문이 망했기 때문에 오히려 더 좋은 처지가 된 게 아니냐?"

과거에 응시할 수 없으니 오히려 출세에 연연하지 말고 진정한 학문을 하라는 권유였지요. 다산은 이런 편지도 보냈습니다.

"학자에게는 가난이 축복이다."

"마음속에 조금만 성의가 있으면 난리 속에서도 반드시 진보할 수 있다."

서書로 격려하며 독讀하게 공부하면 이루지 못할 일이 없겠죠?

정답 없는 인생이 슬프다고요? 하지만 인생은 그래서 더 살 만한 가치가 있습니다.

행복을 그리는 화가 이수동은 수필집 『오늘, 수고했어요』에서 이렇게 말했지요.

"바람이 불면 안쓰럽게 버티지 말고, 바람의 무게만큼 밀려나라. 힘주어 버티면 쓴 힘의 양만큼 미움만 쌓인다."

서울대학교 철학과 김광식 교수도 가수 김광석을 소재로 쓴 철학서 『김광석과 철학하기』에서 이렇게 말했지요.

"슬퍼서 오히려 마음속 슬픔이 차분히 가라앉는다. 슬픔이 슬픔을 치유하는 것이다."

진짜 문제는 '불쾌지수'가 아니라 '불평지수'인지도 모르겠네요. 이열치열以熱治熱로 무더위를 이겨내듯 인생의 역경과 슬픔도 그렇게 이겨낼 수 있기를 소망합니다.

고맙습니다

"두렵지 않은 척하지는 않겠다. 하지만 내가 무엇보다 강하게 느끼는 감정은 고마움이다."

저명한 의사이자 작가인 올리버 색스가 죽기 전에 했다는 말입니다. 이 말이 실린 그의 마지막 저서의 제목도 『고맙습니다Gratitude』였지요. 색스는 이 "아름다운 행성"에서 "생각하는 동물"로 살았다는 그 자체만으로도 자신은 "엄청난 특권"을 누린 것이라고 고백했습니다. 곧 닥칠 죽음 앞에서 그는 "남은 몇 달을 어떻게 살 것인가는 내 선택에 달려 있다"면서 "가급적 가장 풍요롭고 깊이 있고 생산적인 방식으로" 여생을 살겠다고 결심했지요. 내 생애의 마지막 순간 '두려움'을 넘어 '고마움'을 선택할 수 있기를 소망합니다.

낙법

"굽은 등을 둘둘 말아/바닥을 둥글게 안고 싶어라."
황종권 시 「낙법」의 첫 구절입니다. 다치지 않고 넘어지는 방법'을 뜻하는 낙법落法. 시인은 고양이가 높은 곳에서 떨어져도 죽지 않는 비결이 낙법이라고 했지요. 중력의 법칙에 따라 모든 생명은 추락하지만 낙법을 배우면 용수철처럼 튀어 오르고 오뚝이처럼 다시 일어설 수 있습니다. 착지着地로 불리는 어떤 추락은 올림픽 체조 종목의 메달 색깔을 바꾸기도 하지요. 역경도 낙법을 만나면 비상飛翔으로 거듭나고, 착지를 만나면 도약跳躍으로 부활합니다. 생명은 바닥을 칠 때 가장 큰 힘을 발휘하는 법. 감사 낙법과 착지로 오늘 하루도 칠전팔기七顚八起 하시기를 바랍니다.

행 진

"비가 내리면/그 비를 맞으며/눈이 내리면/두 팔을 벌릴 거야."

'들국화'의 보컬리스트 전인권이 사자후로 〈행진〉을 부르며 토해낸 가사입니다. 어둡고 힘들었던 과거마저 사랑하며 행진하겠노라 결의를 밝힌 대목을 두고, 작사가 이주엽은 "불운과 시련마저 축복으로 삼겠다는 저 청춘의 결기"라고 의미를 부여했습니다. 그러면서 "불운과 정면으로 승부할 때 비로소 우리의 삶은 갱신된다"고 일갈했지요.

갱신更新은 '계약이 끝났을 때 그 기간을 연장하는 일'을 뜻합니다. 그런데 갱신은 '경기에서 종전의 기록을 깨뜨림'을 의미하는 경신更新으로도 읽히지요. 갱신하고 경신하며 감사로 행진行進하는 하루가 되기를 소망합니다.

삼성중공업(사장 박대영) 직원들과 함께 감사의 정의 내리기 게임을 했습니다.

- 마스터키 누구의 마음이라도 열 수 있으니까(장화랑)
- 안경 과거에는 보이지 않았던 부분까지 볼 수 있게 되었으므로(추성욱)
- 월급 받으면 기분이 좋으므로(박지영)
- 웃음보따리 감사를 하거나 받으면 웃음이 나니까(송민희)
- 숙면 잠자리에 들기 전에 감사하면 잠이 잘 오므로(이창현)
- 선물 누군가에게 나눠줄 수 있기 때문(천종우)
- 축제 항상 설레고 기대가 되니까(이은주)

삼성중공업 직원들이 변함없는 감사 실천으로 '숙제 인생'을 '축제 인생'으로 바꾸어나갈 수 있기를 기원합니다.

득심

한 남자가 매일 바닷가에서 갈매기와 어울려 놀았습니다. 그러던 어느 날 갈매기 한 마리를 잡아올 생각, 즉 기심機心을 가지고 바닷가에 나갔더니 갈매기가 단한 마리도 다가오지 않았지요. 3대 도가 경전 중 하나인 『열자列子』에 나오는 이야기입니다. 기심은 '어떤 의도된 목적과 계획을 가지고 대상에게 접근하는 것'을 가리키는 말인데, '간교하게 속이거나 책략을 꾸미는 마음'을 의미하는 기계지심機械之心이 동의어입니다. 상대의 생각을 바꾸려는 '가르치다'의 결과가 때로는 '그르치다'로 이어지는 이유가 바로 여기에 있지요. 기심과 교만은 비우고 감사와 겸손은 채워서 사람의 마음을 얻는 득심得心의 하루가 되기를 소망합니다.

시 습 재

인간개발연구원 회원들과 함께 한국학의 본산인 한국학중앙연구원에 다녀왔습니다. 일행과 함께 연구원 경내를 둘러보다 한 건물 입구의 현관에 '시습재時習齋'라고 적힌 것을 발견했지요. 『논어』의 도입부에 나오는 '학이시습지 불역열호學而時習之 不亦說乎'에서 따온 것인데, '때때로 익히다'는 의미를 지닌 시습을 '때마다 감사하다'는 의미를 가진 시감時感으로 응용해볼 수도 있겠다는 생각이 들었습니다.

야구의 적시타와 침구鍼灸의 아시혈阿是穴은 '요긴할 때 꼭 필요한 것'을 상징하지요. 적시타가 타점을 올리고, 아시혈이 환자를 살리듯이 시감時感으로 역전 인생, 부활 인생을 살아보면 어떨까요?

낙지자

"우리를 둘러싸고 있는 이 세상을 조금이라도 더 이해하려고 하다 보면 경제적 가치를 따지는 것보다 더 좋은 세상을 만들 수 있다고 확신한다."

'물리학의 여신' 리사 랜들 하버드대학교 교수의 말입니다.

"부나 명예를 바라고 한 일이 아니다. 내가 사랑하는 문학 작품을 사람들과 공유하기 위해 시작한 일이다."

소설『채식주의자』작가 한강과 맨부커상을 공동수상한 28세의 영국 번역가 데버라 스미스의 말입니다.

물질적 성공만 거두면 모든 것을 얻을 수 있다는 신화는 깨졌습니다. '성공 우선'에서 '행복 우선'으로 삶의 방향을 바꾸면 어떨까요? 지지자知之者와 호지자好之者를 넘어 낙지자樂之者의 인생을 살면 좋겠습니다.

엄마의 얼굴

1991년 미국 연구팀이 태어난 지 37분밖에 되지 않은 아기들에게 세 가지 그림을 보여주었습니다. 첫 번째 그림은 이목구비가 뚜렷한 얼굴, 두 번째 그림은 이목구비가 흐릿한 얼굴, 세 번째 그림은 이목구비가 아예 없는 얼굴이었습니다. 그런데 아기들은 거의 예외 없이 이목구비가 뚜렷한 얼굴 쪽으로 머리와 눈을 돌렸지요. 이 실험 결과를 두고 연구팀은 이런 결론을 내렸습니다.

"인간은 인간의 얼굴에 반응하는 유전적 특성을 타고난다."

실제로 아기들이 자라면서 제일 먼저 그리는 그림도 엄마의 얼굴이라고 합니다. 인상印象이 인생人生을 바꿉니다. 감사 미소, 뻔하고 뚱한 얼굴을 편fun하고 편안한 얼굴로 바꾸는 비법입니다.

달 리 기

멕시코의 타라우마라족은 사람보다 훨씬 빠르게 달리는 사슴을 '달리기'로 잡는다고 합니다. 그들의 사슴 사냥법은 단순하지요. 우선 사슴이 나타나면 무작정 쫓아가기 시작합니다. 시야에서 사슴이 사라져도 흔적을 찾아 끝까지 추적해, 마침내 지쳐 쓰러진 사슴을 포획합니다. 그들의 비장의 무기는 창과 활이 아니라 '기어이 잡고야 말겠다'는 집념이지요. 이재선과 표시형의 책 『열정에 기름붓기』에 나오는 이야기입니다.

행복을 추구하는 우리의 감사 생활 태도도 그럴 수 있으면 참 좋겠습니다. '정체停滯'하지 않아야 '정체正體'를 지킬 수 있고, '낡은 것'과 결별할 수 있어야 '나은 것'과 만날 수 있습니다.

유토피아

동양의 '이상향理想鄕'을 서구에서는 '유토피아'라고 부릅니다. 영국의 정치가이자 철학자인 토머스 모어의 저서 『유토피아』에서 유래했지요. 모어는 고대 그리스어 'Ou(없다)'와 'toppos(장소)'를 조합해 '유토피아Utopia'라는 단어를 만들어냈습니다. 문자 그대로 해석하면 유토피아는 '이 세상에 없는 곳'이지요. 그런데 아시나요? 중국인이 서쪽의 유토피아인 곤륜산崑崙山을 찾아 나섰다가 실크로드를 개척했다는 사실을! 보이지 않는 이상理想이 때로는 보이는 현실 이상以上이 되지요. 그래서 우리는 '이 세상 어디에도 없지만, 모두가 행복한 이상향'을 꿈꾸는 것을 멈출 수 없습니다.

챔 피 언

1977년 11월 27일 WBA 주니어 페더급 초대 챔피언 결정전. 네 번이나 다운을 당한 홍수환이 다시 일어나 휘두른 회심의 왼 주먹이 파나마의 복싱 영웅 카라스키야의 가슴에 꽂혔습니다. 당시 17세의 나이로 11전 11승 11KO의 승리 가도를 질주하며 '지옥의 저승사자'로까지 불렸던 카라스키야. 홍수환에게 불의의 일격을 당한 이후 우울증과 무력감에 시달리다 결국 링을 떠나야만 했습니다. 그랬던 카라스키야가 "사각의 링보다 더 무서운 인생이란 링에서 성공한 사람"(홍수환의 표현)이 되어 39년 만에 한국을 방문했습니다. '사전오기' 홍수환과 '전화위복' 카라스키야가 증언합니다. 실패해도 포기하지 않는 사람이 곧 챔피언이라고!

달빛처럼

우리가 서로를 바라보는 눈길이

달빛처럼 순하고 부드럽기를

……

모난 미움과 편견을 버리고

좀 더 둥글어지기를

● 이해인, 「달빛기도」 중

톨스토이의 단편 「사람은 무엇으로 사는가」에는 자신이 그날 저녁 죽을 운명인데도 1년 이상 신을 수 있는 튼튼한 구두를 만들어 달라고 주문하는 부자 신사가 나옵니다. 전직 천사 미하일은 이 장면에서 '사람에게 허락되지 않은 것은 무엇인가'라는 두 번째 질문의 해답을 찾습니다. 그리고 마침내 '사람은 무엇으로 사는가'라는 세 번째 질문의 해답이 서로에 대한 사랑이라는 사실도 깨닫게 됩니다. 모난 미움, 편견, 욕심을 감사라는 정으로 쪼아내면 '사람'은 '사랑'이 됩니다.

괜찮아

"괜찮아!"

『살아온 기적 살아갈 기적』의 저자 고故 장영희 교수는
이 한마디의 효능을 이렇게 규정했지요. '그만하면 참
잘했다'고 용기를 북돋는 말, '너라면 뭐든지 다 눈감
아 주겠다'는 용서의 말, '무슨 일이 있어도 나는 네 편
이니 넌 절대 외롭지 않다'는 격려의 말, '지금은 아파
도 슬퍼하지 말라'는 나눔의 말, 마음으로 일으켜주는
부축의 말이라고! 그래서 이 말은 매일 생사의 기로에
서 있던 저자에게 '이제 다시 시작할 수 있다'는 희망
의 말이기도 했지요.

세상사가 만만치 않다고 느낄 때, 열심히 노력해도 맘
대로 일이 풀리지 않는다고 생각할 때, 우리 서로에게
말해주면 어떨까요?

"괜찮아!"

1428년 백성 김화가 친부를 살해하는 사건이 일어났습니다. 조정에 엄벌 여론이 들끓었지만 세종은 효행의 필요성을 백성에게 제대로 알리는 일이 더 중요하다고 판단했지요. 그래서 마침내 1432년(세종 14년) 『삼강행실도三綱行實圖』가 간행되었습니다. 이후 삼강행실도 개정판이 꾸준히 나왔는데, 1514년(중종 9년) 발간된 『속삼강행실도續三綱行實圖』와 1617년(광해군 9년) 발간된 『신속삼강행실도新續三綱行實圖』가 바로 그것이었죠. 율곡 이이는 "폐단이 큰 옛법을 그대로 두고 착한 정치를 기대할 수 없다" 면서 조선의 경장更張, 즉 개혁을 주창했습니다. 우리 감사 생활에도 속續과 신新의 경장이 필요하지 않을까요?

\\\

선비

가장 한국적이면서 동시에 범세계적 가치로 무장한 리더가 바로 '선비'입니다. 원로 역사학자 정옥자 교수는 선비의 덕목을 이렇게 정리했지요.

- **외유내강**外柔內剛 겉으로는 부드러워도 안으로는 소신이 뚜렷합니다. 서구의 신사gentleman와 통하지요.
- **청빈검약**清貧儉約 권력을 가지면 재화를 탐하지 않습니다. 단순한 삶simple life과 통하지요.
- **박기후인**薄己厚人 자신에게는 엄격하고 타인에게는 관대합니다.
- **억강부약**抑強扶弱 강자에게는 당당하고 약자에게는 겸손합니다.
- **선공후사**先公後私 공적인 것을 먼저 하고 사적인 것은 나중에 합니다.

한국형 리더십 행복나눔125(1일 1선행, 1월 2독서, 1일 5감사)는 이 시대의 선비가 되는 실천 매뉴얼입니다.

아산시(시장 복기왕) 공무원들이 자신의 담당 업무와
연결 지어 내린 감사의 정의입니다.

- 굴삭기 행복을 푸짐하게 퍼주니까(건설과 배영환)
- 땅 땅은 만물의 근원, 감사는 인생의 원천(농정과 김성호)
- 지도 어디로 가야 할지 알려주는 마음의 지표(토지관리
  과 백승서)
- 예방접종 마음의 면역력이 높아지므로(보건소 손인선)
- 분리배출 나부터 실천하면 쓰레기장에도 행복의 꽃이
  피니까(자원순환과 김진민)
- 온천 마음이 따뜻해지고 얼굴에는 미소가 생겨나요(문
  화관광과 임이택)

얼굴은 하늘이 주셨지만 표정은 내가 하기 나름이지
요. 감사로 미소 짓는 하루 되세요.

가 화 만 사 성

"당신은 고립되었다고 느낍니까?"

이 질문에 '그렇다'고 답한 여성은 17년 이내 유방암, 자궁암 사망 확률이 다른 답을 한 여성보다 3.5배 높았습니다.

"아내가 당신에게 사랑한다고 말합니까?"

이 질문에 '아니다'라고 답한 남성은 5년 이내 협심증 사망 확률이 '그렇다'고 답한 남성보다 50퍼센트 높았습니다.

"부모와 친밀하게 지냅니까?"

이 질문에 '아니다'라고 답한 학생은 나중에 암이나 정신질환에 걸릴 확률이 다른 답을 한 학생보다 월등히 높았습니다.

1998년 『뉴스위크』에 실렸던 기사입니다.

가화만사성家和萬事成을 위한 처방전, 감사미소(감사해요, 사랑해요, 미안해요, 소중해요)와 스마일(스쳐도 웃고, 마주쳐도 웃고, 일부러라도 웃자)입니다.

"우주의 기운은 자력과 같아서 우리가 어두운 마음을 지니고 있으면 어두운 기운이 몰려온다."

법정 스님의 말입니다. 여러분도 어두운 마음에 용기를 잃고 행복과 성공을 연기하거나 유보한 적이 있습니까? 하지만 어떤 일을 이루는 데 기발한 착상의 역할은 단 10퍼센트에 불과하다고 합니다. 정말 중요한 것은 일단 일을 벌이고 보는 용기(50퍼센트), 시작하면 끝까지 물고 늘어지는 끈기(40퍼센트)입니다. 허버트 카우프만은 "용기가 꿈에게 코치를 해주는 한, 실패는 연기된 성공일 뿐이고 끈기의 습관은 곧 승리의 습관"이라고 말했지요. 2기(용기, 끈기)에 3사(인사, 감사, 봉사)를 더하면 '아쉽다' 인생이 '아, 쉽다' 인생으로 바뀝니다.

대학 공개 토론장에 한 늙은 구두 수선공이 자주 참석했습니다. 토론은 라틴어로 이루어졌는데, 수선공은 라틴어를 전혀 할 줄 몰랐지요. 친구가 "알아듣지도 못하면서 왜 토론장에 가느냐"라고 묻자 수선공이 답했습니다.

"그래도 논쟁에서 누가 틀린 소리를 하는지는 알지."

"아니, 그걸 어떻게 알아?"

"방법은 아주 간단하네. 누가 먼저 화를 내는지 보면 금방 알 수 있어."

분노의 화火는 불행의 화禍를 부르고 토론의 화話는 화합의 화和를 부릅니다. 시인 김현승은 "감사는/잃었을 때에도 한다/감사하는 마음은/잃지 않았기 때문이다"라고 노래했지요. 오늘도 감사하는 마음 잃지 않기, 화내지 않기를 다짐하며 하루를 시작합니다.

'누구에게 내 슬픔을 말하나?'

늙은 마부 이오나는 일주일 전 아들을 잃었습니다. 마차에 타는 손님들에게 그 이야기를 해보지만 아무도 귀를 기울이지 않았습니다. 귀찮다는 듯이 "사람은 누구나 죽어"라고 말하는 사람도 있었지요. 아들을 잃은 슬픔을 함께 나눌 사람이 없자 결국 이오나는 늙은 말馬에게 말을 걸었지요.

"만일 말이다. 너에게 새끼가, 네가 낳은 새끼가 있다면 말이다. 그 새끼가 죽었다면 말이다. 얼마나 괴롭겠니?"

안톤 체호프의 단편소설 「애수」에 나오는 이야기입니다. 타인의 고통에 난색難色을 표하지 않을 때 세상은 난색暖色으로 가득 차고, 타인의 아픔을 잊지forget 않을 때 나 자신의 행복을 얻게get 될 것입니다.

벅 찬 인 생

메이저리그 '마지막 4할 타자' 테드 윌리엄스. 1941년 그가 기록한 타율 0.406은 아직도 깨지지 않는 전설입니다. 그의 등번호 9번은 보스턴 레드삭스에서 영구결번이 되었지요. 4할 타율의 대기록을 앞두고 윌리엄스는 심한 컨디션 난조에 시달렸습니다. 마지막 경기에 나가지 않으면 반올림으로 4할 타율은 유지할 수 있던 상황. 하지만 '비겁한 왕관'은 쓰지 않기로 결심했지요. 더블헤더▪로 열린 시즌 마지막 경기에 출전해 7타수 4안타를 때려냈습니다. 형용사 '벅차다'에는 '감당하기가 어렵다'와 '감격과 기쁨 등이 넘칠 듯이 가득하다'는 상반된 두 가지 의미가 있습니다. 두려워도 당당하게, 오늘도 벅찬 내 인생의 타석에 서 볼까요?

▪더블헤더: 두 팀이 같은 날 같은 구장에서 연속해서 두 경기를 치르는 것. 야구 경기에서 폭우 등 불가피한 여건으로 인해 게임이 무효가 되거나 취소되었을 경우, 정규 시즌 일정 내에 게임을 마치기 위해 치른다.

마지막 5분

혁명 사건으로 사형 선고를 받은 28세 청년 도스토옙
스키에게 마지막 5분이 주어졌습니다. 그는 2분은 친
구를 만나고, 2분은 과거를 돌아보고, 1분은 세상을 아
름답게 느끼는 데 쓰기로 결심했지요. 계획대로 2분을
보내자 3분이 남았습니다. 2분 동안 과거를 회상하는
데 후회가 막심했지요. 나머지 1분을 쓰기도 전에 탄
알을 장전하는 소리가 들려왔습니다. 바로 그때, 한 병
사가 달려와 사형 집행을 중지하고 시베리아로 유배
를 보내라는 황제의 특명을 전했지요. 그때부터 도스
토옙스키는 자신에게 주어진 새 삶에 감사하며 최선
을 다해 살았습니다. 오늘 하루, 마지막 5분이 남았다
는 심정으로 간절하게 살아보면 어떨까요?

틈새시장

원저우溫州는 중국 최고의 부자 도시로 유명합니다. 중국의 상업을 부흥시켜온 원저우 상인들은 오늘날 세계에서 장사를 가장 잘한다는 유대인 상인들을 서서히 밀어내고 있습니다. 그래서 원저우 상인들은 전 세계의 상인들에게 질문을 받습니다. 그들은 굉장한 비법을 듣기를 기대하며 이렇게 물었지요.

"성공의 비결이 무엇입니까?"

원저우 상인들의 답변은 너무나 간단했습니다.

"유대인은 하루 8시간 일하고, 우리는 하루 13시간 일합니다."

진실은 단순하고 명쾌한 법입니다. '왕도는 없다'는 명제는 수학만이 아니라 인생에도 적용됩니다. 시간의 '틈새'에서 성공을 넘어 행복의 '틈새시장'을 창출하는 보다 능동적인 인생을 살고 싶습니다.

모든 순간

시간에는 다양한 단위가 있고, 그 단위는 종종 숫자로 표현됩니다. 1년은 4(계절), 12(개월), 24(절기), 52(주)로 나눌 수 있지요. 1일은 24(시간), 1,440(분), 86,400(초)으로 나눌 수 있고요. 그렇다면 시간과 행복, 그 관계의 비밀을 푸는 열쇠는 무엇일까요?

영화 〈어바웃 타임〉에는 아들에게 '과거로의 시간여행'이라는 가문의 비밀을 전수하는 아버지가 나옵니다. "하루를 똑같이 다시 살아 보라"는 아버지의 충고를 따르자 평소 긴장과 걱정 때문에 지나쳤던 세상의 아름다운 모습이 보였고, 그것을 온전히 음미하며 살아갈 수 있었지요. 기적 그 자체인 모든 순간에 감사하며 살면 좋겠습니다.

감사 인사

누군가에게 감사인사를 받으면 어떤 생각이 들까요? 경찰관 출신인 송재성 행정사는 『옥천신문』의 '감사 릴레이' 캠페인 덕분에 지역의 한 후배에게서 감사인사를 받았습니다.

"공직 생활을 하며 많은 표창을 받아보았지만 '감사해요'라는 한마디가 그 어떤 표창보다 더 소중하게 느껴졌다."

이번에는 송 씨가 『옥천신문』 지면을 통해 강인규 옥천성모병원 행정부장에게 감사인사를 전했습니다. 산행 중 사고를 당해 입원한 적이 있는데, 의사도 아니면서 수시로 병실을 순회하며 환자를 헌신적으로 대하는 강 부장의 모습에서 큰 감동을 느꼈다는 이유도 밝혔지요.

충북의 지역신문인 『옥천신문』(대표 이안재)이 2013년 '고사미(고마워 사랑해 미안해)'라는 이름으로 시작한 감사 릴레이 캠페인은 지역 주민들의 열띤 호응으로 3년 넘게 지속되고 있습니다. 감사인사의 나비효과가 행복한 지역공동체를 만들 수 있으면 좋겠습니다.

당당한 을

콜센터 상담원이 폭언전화를 받으면 어떻게 해야 할까요? 한 카드회사는 '2~3회 경고 후 전화를 먼저 끊을 권리'를 상담원에게 주었습니다. 부당한 언행에 당당히 대처하자 놀라운 변화가 일어났지요. 전화가 끊긴 이후 다시 전화를 걸어온 고객의 97퍼센트가 더 이상 폭언을 하지 않고 정상적으로 상담했던 겁니다.

"능력 없으면 네 부모 원망해. 돈도 실력이야"란 말을 여과 없이 표현한 어린 학생이 권세가의 딸이라고 일부 교수가 비굴한 태도를 취했습니다. 그러자 130년 전통 명문 사학의 명예가 한 순간에 무너졌지요.

겸손한 갑甲은 당당한 을乙이 만듭니다. 당당하되 오만하지 않고 겸손하되 비굴하지 않게 살 수 있기를 소망합니다.

5미터

한 등산가가 알프스 산을 오르다가 눈보라를 만났습니다. 정상에 산장이 있다는 사실을 알고 있었던 그는 발걸음을 재촉했습니다. 하지만 해가 져서 어둠이 몰려오자 1미터 앞도 보이지 않았습니다. 자신이 길을 잘못 들었다고 생각한 그는 결국 모든 것을 포기하고 그 자리에 주저앉아 버렸습니다. 다음 날 눈보라가 걷힌 다음, 사람들은 길가에서 얼어 죽은 등산가를 발견했습니다. 그런데 너무나 안타깝게도 그가 얼어 죽은 장소는 바로 산장에서 5미터밖에 떨어지지 않은 곳이었습니다.

차동엽 신부의 『무지개 원리』에서 읽은 이야기입니다. 우리 인생에 눈보라와 어둠이 몰려와 포기하고 싶을 때 이렇게 외쳐 보면 어떨까요?

"5미터만 더 가자!"

여주시 대신고등학교(교장 임희창) 3학년 학생들과 함께 감사의 정의 내리기 게임을 했습니다.

- **조례와 종례** 감사로 하루를 시작하고 정리해야죠(김다슬)
- **시험성적표** 감사 실천은 타인의 보답과 행복이라는 성과로 이어지니까(권선빈)
- **시간** 시간은 되돌릴 수 없기에 지금 이 순간에 감사하며 살아야 하므로(배성은)
- **친구** 함께하면 즐거운 친구, 감사도 친구로 삼고 싶어서 (박노권)
- **공유** 나누면 나눌수록 우리의 행복도 커지므로(김경환)
- **대학합격통지서** 감사도 받는 순간 가슴이 벅차오를 테니까(김준식)

감사 친구와 동행해 인생합격통지서도 받을 수 있으면 좋겠습니다.

히말라야 고산족은 양￥을 매매할 때 크기가 아니라
성질을 중시합니다. 그런데 양의 성질을 측정하는 방
법이 흥미롭지요. 우선 양을 가파른 산비탈에 놓아두
고 멀리서 살 사람과 팔 사람이 함께 지켜봅니다. 이때
양이 비탈 위쪽으로 올라가면 몸집이 작고 비쩍 말랐
어도 값이 오르고, 비탈 아래쪽으로 내려가면 덩치가
크고 살이 쪘어도 값이 내려갑니다. 위쪽으로 올라가
는UP 양은 지금은 힘겨워도 넓은 산허리의 미래를 갖
게 되지만, 아래쪽으로 내려가는DOWN 양은 당장은 수
월해도 좁은 협곡 바닥에 이르러 굶어죽기 때문이지
요. 결정적 순간에 '식은땀' 흘리지 않고 행복 UP 하
려면 오늘도 감사 UP의 '구슬땀' 흘려야겠죠?

사장님의 성공비결

한 신문사 기자가 성공한 CEO와 인터뷰했습니다. 두 사람은 이런 문답을 나누었습니다.

"사장님의 성공비결을 한마디로 요약해 주시겠습니까?"

"올바른 선택Right Choice이라고 말하겠소."

"아, 그렇군요. 그렇다면 올바른 선택은 어떻게 가능했다고 보십니까?"

"좋은 경험Good Experience 덕분이었소."

"아, 그랬군요. 그렇다면 좋은 경험은 어떻게 할 수 있었죠?"

"그건 잘못된 선택Wrong Choice 덕분이었소."

이 세상에 쓸모없는 것은 하나도 없습니다. 실수, 착오, 오류 등 잘못된 선택까지 배움의 기회로 삼을 때 진정한 성공과 행복에 이를 수 있습니다. '걸림돌'도 '디딤돌'로 삼겠다는 마음으로 하루를 시작하기를 바랍니다.

욕심

아프리카 원주민에게는 독특한 원숭이 사냥법이 있습니다. 우선 원숭이가 자주 다니는 길목에, 손이 겨우 들어갈 만한 작은 구멍이 있는 조롱박을 나무에 매달아 놓습니다. 그리고 원숭이가 가장 좋아하는 열매를 그 안에 넣어둡니다. 그러면 원숭이가 열매를 꺼내려고 작은 구멍에 손을 집어넣습니다. 흥미로운 점은 사냥꾼들이 다가오면 원숭이가 손을 빼낸 다음 숲속으로 도망가야 하지만 절대 그렇게 하지 않는다는 사실입니다. 열매에 집착한 원숭이는 결국 한 손을 조롱박에 넣은 채 포획당합니다.

지나친 욕심은 인생을 망칩니다. 욕심의 반대쪽에 있는 것이 감사입니다. 욕심은 '텅' 비우고 감사는 '꽉' 채우는 하루가 되기를 소망합니다.

속도

한 랍비가 어느 날 길거리에서 정신없이 달려가는 남자를 보았습니다.

"자네는 왜 그렇게 달려가는가?"

랍비가 묻자 남자는 이렇게 대답했습니다.

"행운을 잡으려고요!"

이 말을 듣고 랍비가 말했습니다.

"참으로 어리석은 자일세그려. 행운이 자네를 붙잡으려 뒤쫓고 있는데, 자네가 지금 너무 빨리 달리고 있어."

아메리카 인디언들에게는 말을 타고 달리다가 반드시 중간에 말을 쉬게 하는 전통이 있습니다. 백인 선교사가 그들에게 이유를 물었더니 이렇게 답했다고 합니다.

"영혼이 따라오는 것을 기다리기 위해서라오."

우리도 속도의 '발'을 내려다보는 인생이 아니라 방향의 '별'을 올려다보는 인생을 살아보면 어떨까요?

희망

어려운 상황에 직면했을 때 우리는 그것을 어떻게 바라봐야 할까요?

차동엽 신부는 『희망의 귀환』에서 세 가지 바라봄望을 거론했는데, 바로 관망觀望, 절망絶望, 희망希望이었습니다. 절망을 선택하면 어떻게 될까요? 곧바로 내 몸에서 에너지가 빠져나가고 다리가 풀리면서 그대로 주저앉게 됩니다. 바람 빠진 풍선처럼 말이지요. 반대로 희망을 선택하면 나에게 우주의 에너지가 몰려옵니다. 내가 먼저 두 주먹 불끈 쥐어 없던 기운까지 모으고, 주변의 도움도 끌어들인 결과입니다. 불평 대신 감사, 절망 대신 희망을 선택하겠습니다. 일곱 번 쓰러져도 여덟 번 일어서는 오뚝이 인생을 살겠습니다.

고수

영국 총리 처칠은 재치가 넘치는 즉흥 연설을 잘 했던 것으로 유명합니다. 그런데 사실 그것은 겉으로 드러나지 않았을 뿐이지 평소 노력의 산물이었습니다.

처칠이 어느 날 만찬회에 참석하게 되었습니다. 그런데 행사장 입구에 도착하고도 한동안 차에서 내리지 않자 운전사가 이유를 물었습니다. 처칠은 이렇게 답했다고 합니다.

"잠깐만 기다리게. 즉흥 연설을 해달라는 요청을 받을 텐데 내가 무슨 말을 해야 할지 아직 정리가 되지 않았다네."

변화Change는 누군가에게는 위기Crisis가 되지만 또 다른 누군가에게는 기회Chance가 되지요. 고수高手는 평소 수고愁苦를 아끼지 않는 사람입니다.

아이처럼

미국의 스탠퍼드대학교에서 한 사람의 5세 때와 45세 때를 비교 연구한 적이 있습니다. 5세 때는 하루에 창조적 과제를 98번 시도하고, 113번 웃고, 65번 질문했습니다. 반면 45세 때는 하루에 창조적 과제를 2번 시도하고, 11번 웃고, 6번 질문했다고 합니다.

이 세상에서 가장 영양가 높은 스테이크steak는 미스테이크mistake입니다. 그러니 '실력'의 밑천이 될 '실수'를 두려워하지 마세요. 질문하면 '5분 바보', 질문하지 않으면 '평생 바보'가 되지요. 고난과 실수와 수치까지 미소 지으며 감사의 대상으로 삼을 수 있는 내공의 소유자가 되기를 소망합니다.

이름

내가 그의 이름을 불러주기 전에는

그는 다만

하나의 몸짓에 지나지 않았다

내가 그의 이름을 불러주었을 때

그는 나에게로 와서

꽃이 되었다

● 김춘수,「꽃」중

영화 〈7번방의 선물〉에서 교도소 반장(정진영 분)은 용구(류승룡 분)를 처음에는 수번 '5482'로 부릅니다. 이름이 아니라 번호로 부를 때는 상대방을 함부로 대해도 죄의식을 느끼지 못합니다. 하지만 '예승이 아빠'로 부르는 순간 장애인 용구도 한 명의 고귀한 인간으로 보이기 시작했지요.

누군가의 닫힌 마음 빗장을 열고 싶다면 어느 시인이 노래한 것처럼 먼저 이름을 불러주세요.

스승이 제자 세 명에게 엽전 한 닢씩을 주고 무엇을 사서든지 방을 가득 채워보라고 했습니다. 두 제자는 값이 싸고 양이 많은 깃털과 목초를 사서 방을 채웠지만 부족했지요. 나머지 한 제자는 양초를 사서 불을 밝혔습니다. 작은 양초는 밝음으로 방을 가득 채웠지요.

「잠언」 13장 9절에 나온 "의인의 빛은 밝게 빛나지만, 악인의 등불은 꺼져 버린다"는 구절을 감사의 시각에서 역순으로 해석해 보았습니다. 감사의 빛을 꺼트리지 않고 환하게 밝혀서 의인이 되었고, 감사의 등불을 꺼트려 불평의 어둠에 갇혔기에 악인이 되었다고 말이지요. 감사의 빛light이 의로운right 사람을 만듭니다. '빚지는' 인생을 '빛내는' 인생으로 바꾸는 하루 되세요.

"말로 할 수 있는데 글로 쓰지 말 것이며, 행할 수 있는데 말로 하지 말라."

1990년대 초반 '문제 조직' 뉴욕 경찰을 취임 2년 만에 '우수 조직'으로 변신시킨 윌리엄 브래턴 청장이 남긴 말입니다. 칼릴 지브란도 "조금만 알고 행동하는 것이 많이 알고 행동하지 않는 것보다 훨씬 더 가치가 있다"고 했지요.

일체유심조一切唯心造와 백문이불여일견百聞而不如一見보다 더 강력한 것이 일체유행조一切唯行造와 백견이불여일행百見而不如一行입니다. 연인戀人을 연기한 배우가 서로 사랑에 빠지는 것처럼 행동은 사람의 운명도 바꿉니다. 일상의 모든 작은 행위에도 감사하면 지행합일知行合一의 기쁨을 누릴 수 있지 않을까요?

정면

올림픽 수영 종목 중 배영背泳 100미터 기록이 거의 30년 동안 깨지지 않은 적이 있습니다. 그런데 절대 깨질 것 같지 않던 1분의 벽이 미국의 한 고등학생에 의해 허무하게 무너졌지요. 이유는 너무나 간단했는데, 50미터 지점에서 턴turn할 때 기존에는 '측면'으로 했지만 기록을 깬 학생은 '정면'으로 했습니다. 지금은 지극히 당연해 보이지만 과거에는 측면으로 턴하는 것만이 절대 불변의 진리였지요. 이문재 시인은 "맨 끝이 맨 앞"이라면서 "지금 여기 내가 정면"이라고 노래했습니다. 경계와 바닥의 끝까지 가본 사람이 변화와 혁신의 선봉에 섭니다. 벽에는 반드시 문이 있는 법, 오늘 아침도 정면으로 당당하게 맞이하면 어떨까요?

감사 새싹

동탄에 소재한 (주)파트론 직원들과 함께 감사의 정의를 내려보았습니다.

- **예절** 감사와 예절은 누구나 배우고 지켜야 하므로(강동현)
- **시간** 시간이 항상 우리 곁에 있듯이 감사도 그렇기에(김유원)
- **기억** 감사할 일은 늘 있지만 기억하지 못할 뿐, 잊지 말자 감사(변기택)
- **불우이웃 돕기** 처음에는 쑥스럽고 어렵지만 자꾸 하다 보면 더 하고 싶기 때문(오세문)
- **미소** 얼굴을 찡그린 채 감사하는 사람은 없기 때문(최재기)
- **새싹** 긍정적 조직문화라는 새로운 생명을 잉태하게 해주니까(이인노)

감사 새싹이 혁신 나무와 행복 숲으로 성장하면 좋겠습니다.

어니스트 섀클턴이 이끄는 영국 탐험대가 남극 대륙 횡단에 나섰다가 부빙浮氷에 고립되는 극한 상황에 놓였습니다. 하지만 섀클턴의 뛰어난 리더십에 힘입어 단 한 명의 희생자도 없이 대원 28명 전원이 634일 만에 무사히 생환했지요.

"당신은 노래를 부를 수 있소?"

섀클턴이 대원을 뽑을 때마다 던졌던 질문이라고 합니다. 당황한 지원자에게 섀클턴은 이렇게 설명했지요.

"카루소처럼 노래를 잘 불러야 한다는 뜻은 절대 아니오. 다른 대원들과 함께 마구 소리를 지를 순 있겠지요?"

어떤 역경과 고난 속에서도 용기를 주는 칭찬, 격려가 되는 박수로 동료 대원을 응원하고 지지하는 멋진 인생 탐험가가 되면 좋겠습니다.

마부작침

중국 최고의 시인 이백은 젊은 시절 공부를 포기하고 싶은 마음이 생겨 스승에게 말도 없이 산에서 내려왔습니다. 그때 마을 입구에서 한 노파를 만났는데, 그녀는 도끼를 바위에 갈고 있었지요.

"무엇을 만들고 있나요?"

노파가 답했습니다.

"바늘이라네."

이백은 어이가 없어 웃고 말았습니다. 불가능한 일이라는 생각이 들었기 때문이지요. 그러자 노파는 정색을 하며 일갈했습니다.

"그만두지 않으면 가능하다네!"

이백은 이 말을 듣고 크게 깨달아 다시 산으로 돌아가 학문에 정진했습니다. 아무리 힘들고 어려운 일이라도 끈기 있게 매달리면 마침내 달성할 수 있습니다. 오늘 하루도 마부작침磨斧作針의 자세로 맞이하면 어떨까요?

"사흘만이라도 볼 수 있게 해준 하느님에게 감사의 기
도를 드리고 영원한 암흑의 세계로 돌아가겠다."
헬렌 켈러가 수필 『사흘만 볼 수 있다면』에서 토로한
마지막 구절입니다. 단 하루라도 눈을 떠서 이 세상을
볼 수 있다면 그것은 그대로 천국일 것이라고, 헬렌 켈
러는 절실하게 고백했지요. 그렇다면 매일 눈을 떠서
이 세상을 볼 수 있는 우리는 지금 천국에서 살고 있다
고 자신 있게 말할 수 있을까요?
종교학자 오강남은 "눈을 뜨고 본다는 것을 당연하게
여기지만 않는다면 보통으로 보아 넘기던 일이 더할
수 없이 고마운 일일 수 있다"라고 말했지요. 당연하
게 여기지 않기, 감사 생활 강령의 1조 1항으로 삼아
야 하지 않을까요?

성공＝생각×열정×능력.

교세라 창업주이자 일본항공JAL 대주주로 '경영의 신'이라 불리는 이나모리 가즈오가 제시한 성공 공식입니다. 여기서 이나모리는 능력과 열정에는 0부터 100까지 일반적 가중치를, 생각에는 −100에서 +100까지 특별한 가중치를 부여했지요. 예컨대 불평, 분노, 미움 등 부정적 사고를 가지고 있으면 생각의 점수는 마이너스(−)가 되어야 한다는 겁니다. 그러니까 결과적으로 생각을 긍정적으로 바꾸지 않는 한, 능력과 열정이 크면 클수록 도리어 치명적인 마이너스 점수를 받게 되지요.

생각think과 감사thank는 어원이 같습니다. 감사로 긍정적 생각을 키우는 플러스(+) 인생을 살아보면 어떨까요?

고무공

유리공처럼 살아야 할까요, 고무공처럼 살아야 할까요? 실패와 절망의 바닥에 떨어진 사람들은 다양한 반응을 보입니다. 유리공처럼 그대로 깨져버리는 사람이 있는가 하면, 고무공처럼 곧바로 튕겨 오르는 사람도 있지요. 같은 고무공에도 탄력의 차이가 있습니다. '바람 빠진 공'을 떨어트리면 바닥에 찰싹 붙어버리지만 '바람 넣은 공'을 떨어트리면 오히려 처음보다 더 높이 튀어 오릅니다.

회복탄력성resilience은 원래 '제자리로 돌아오는 힘'을 일컫는 말인데, 긍정심리학에서 '시련이나 고난을 이겨내는 긍정적인 힘'을 의미하는 개념으로도 쓰입니다. 감사일기 쓰기와 규칙적인 운동은 회복탄력성을 높이는 가장 좋은 방법입니다.

멋 진 신 세 계

올더스 헉슬리의 소설 『멋진 신세계』에는 인류가 꿈꾸어온 유토피아가 그려져 있습니다. 이 신세계에는 가난, 질병, 고통이 없습니다. 하지만 정작 사람들은 진정한 행복을 누리지 못했지요. 그래서 로널드 드워킨은 "실망과 슬픔과 고통도 불가피한 우리 삶의 필요한 요소"라고 말했는지 모르겠군요.

365일 구름 한 점 없이 화창한 날씨만 계속된다면 대지는 말라붙어 갈라지고, 결국에는 사막이 되고 말 겁니다. 비도 오고 눈도 와야 자연이 유지되듯이 실망, 슬픔, 고통이 있어야 행복도 진정으로 완성될 수 있습니다. '벽이 없는 세상'이 아니라 '벽을 눕혀 길을 만드는 사람이 많은 세상'이 진짜 '멋진 신세계' 아닐까요?

"혼자만의 행복이라는 것은 세상에 존재하지 않는다. 행복은 철저히 관계 속에서 존재한다."

생산Product 중심의 GDP(국내총생산)를 거부하고 행복 Happiness 중심의 GNH(국민총행복)를 도입한 부탄 학자 카르마 우라가 한 말입니다. 세계 10개국을 돌면서 행복의 의미를 취재한 에릭 와이너는 이 말을 화두 삼아 숙고한 끝에 다음과 같은 결론을 내렸지요.

"우리의 행복은 전적으로, 철저히 다른 사람들과 관련되어 있다. '행복'은 명사도, 동사도 아니다. '행복'은 접속사다."

그런 점에서 보자면 결국 불행한 사회와 행복한 개인은 공존할 수 없는 것이 아닐까요? 감사가 사회의 행복과 개인의 행복을 하나로 연결해주는 징검다리가 되면 좋겠습니다.

감사의 심안

"밉게 보면 잡초 아닌 풀이 없고, 곱게 보면 꽃 아닌 사람이 없다. 털려고 하면 먼지 없는 사람이 없고, 덮으려고 들면 못 덮을 허물이 없다. 겸손은 사람을 머물게 하고, 칭찬은 사람을 가깝게 한다. 넓은 마음은 사람을 따르게 하고, 깊은 마음은 사람을 감동시킨다."
누군가 메일로 보내준 글인데, 출처를 『목민심서』라고 밝혀 놓았네요.
제임스 쿠제스는 『리더십 챌린지』에서 부하의 '충성' 을 이끌어내는 가장 강력한 무기는 리더의 '존중'이라고 말했지요. 존중은 상대의 단점보다 장점을 찾는 '이해'에서 출발합니다.
때로는 비판의 시력視力이 떨어져 상대의 단점을 보지 못하면 좋겠다는 생각도 해봅니다. 분노의 육안肉眼이 아니라 감사의 심안心眼으로 보려고 노력하며 살기를 소망합니다.

"우중유락 낙중유우憂中有樂 樂中有憂."

퇴계 이황이 스스로 지은 묘지명의 마지막 대목에 나오는 여덟 자로 '근심 가운데 즐거움이 있고 즐거움 가운데 근심이 있다'는 뜻입니다. 조선의 거유巨儒가 만년에 일갈한 것처럼, 달도 차면 기울기 마련이고 빛이 강하면 강할수록 반대편의 어둠은 더욱 짙어집니다. 그것이 자연과 인간 세상의 이치입니다. 하지만 반대 논리도 가능합니다. 그믐밤을 견디면 보름달을 볼 수 있고, 터널의 어둠을 참으면 찬란한 광명과 만날 수 있지요. 근심이 많을 때 절망하지 않고, 기쁨이 넘칠 때 오만하지 않아야 합니다. 희로애락에 일희일비하지 않는 마음의 평화도 감사를 통해 얻을 수 있는 선물입니다.

나르시시즘

그리스 신화에 나오는 나르키소스는 사냥하러 갔다가 샘물에 비친 자신의 얼굴을 숲속의 요정으로 착각하고 사랑에 빠졌습니다. 포옹하려고 두 손을 내밀 때마다 사라지는 바람에 샘가를 떠날 수 없었지요. 나르키소스가 이룰 수 없는 사랑을 갈망하다 애절하게 죽어간 자리에 피어난 꽃, 그게 바로 수선화입니다. 자기애自己愛에 빠진 나르키소스에게 꽃과 나비, 햇살과 바람 등 샘물 주변의 아름다운 것들은 아무런 의미가 없었지요. 타인과 주변을 돌아보지 못하는 극단적 자기애, 즉 나르시시즘Narcissism은 비극적 파멸을 낳을 뿐입니다. 이기적 '시샘'에 빠지지 않고 감사의 '참샘'을 세상과 나누는 사람이 되기를 소망합니다.

연 민

"우리들이 이 순간 행복하게 웃고 있는 것은 이 세상 어딘가에서 까닭 없이 울고 있는 사람의 눈물 때문이다."

● 최인호, 『최인호의 인생』

"사람의 마음과 마음은 조화만으로 이뤄진 것이 아니다. 오히려 상처와 상처로 깊이 연결된 것이다."

● 무라카미 하루키,

『색채가 없는 다자키 쓰쿠루와 그가 순례를 떠난 해』

"온 우주는 모든 게 서로 딱 들어맞게 돼 있어요. 한 조각이라도 빠지면, 우주 전체가 무너져버리죠."

● 영화 〈비스트〉

우주의 한 조각인 가족, 이웃, 동료, 고객의 눈물, 상처, 한숨까지 보듬을 때 비로소 우리의 행복과 조화도 무너져버리지 않고 우주적 완성체로 나아갈 수 있습니다. '연민'은 '연대'의 출발입니다.

감사 햇살

(주)파트론 직원들이 내린 감사의 정의 중 몇 가지를
더 소개합니다.

- **마일리지** 감사하는 만큼 행복도 쌓이므로(민빈홍)

- **연필** 감사 표현을 하면 흔적이 남으니까(박승혁)

- **레몬티** 감사를 나누면 기분이 상큼하고 따뜻해지기 때
  문(박재홍)

- **자석** 감사하면 행복이 저절로 와서 붙으니까(이기백)

- **안테나** 여러 사람과 감사로 교신할 수 있으므로(조윤상)

- **망원경** 육안으로 못 보는 것도 보여주니까(함승현)

- **사골** 깊은 곳에서 우러날수록 진짜이기 때문(박필수)

- **햇살** 누구와도 나눌 수 있고, 아무리 나눠도 줄어들지
  않으니까(강승렬)

윈윈win-win 감사를 넘어 올윈all win 감사를 꿈꿉니다.

사과

많은 출판사가 마르셀 프루스트의 『잃어버린 시간을 찾아서』 초고를 외면했습니다. 『좁은 문』의 작가 앙드레 지드가 편집자로 일하던 출판사도 그중에 하나였지요. 결국 자비로 출판된 이 명저를 나중에 정독한 지드는 즉시 프루스트에게 사과 편지를 보냈습니다.

"며칠 동안 나는 당신의 책을 손에서 내려놓지 못하고 있습니다. 이 책을 거절한 일은 우리가 범한 가장 심각한 실수입니다. 거기에 큰 책임이 있는 내게 그것은 가장 쓰라린 후회와 여한으로 남을 겁니다."

이후 프루스트의 거의 모든 책은 지드의 출판사에서 발간되었지요. 사과하는 사람은 '소인小人'이 아니라 '대인大人'입니다. '진심을 담은 사과'는 힘이 셉니다.

회심

"안 된다. 짜증나. 싫어요. 귀찮아. 힘들어."
한 워크숍에서 강사의 지시에 따라 임의로 적어본 다섯 가지 부정적 표현입니다. 강사는 긍정적 생각 갖기의 중요성을 말해주는 몇 편의 실험 동영상을 보여주더군요. 그러자 마음에 변화가 일어나더니 부정적 표현이 이렇게 바뀌었습니다.
"꼭 된다. 고마워. 좋아요. 해보자. 힘내자."
그래서 국어사전에서 '회심'이란 단어의 의미를 찾아보았습니다. 회심悔心은 '잘못을 뉘우치는 마음', 회심回心은 '마음을 돌이켜 먹음', 회심會心은 '마음에 흐뭇하게 들어맞음'이라고 설명되어 있더군요. 불평에서 감사로 회심悔心하고 절망에서 희망으로 회심回心할 때 회심會心의 기회를 잡을 수 있겠지요?

감사미소 운동

우리는 늘 경쟁, 갈등, 분열의 굴레를 쓰고 삽니다. 감사인사는 그 굴레의 매듭을 풀어서 우리를 비상하게 만들 주문呪文이자 주문注文입니다. 1964년 도쿄 올림픽을 앞두고 일본은 '오아시스' 운동을 대대적으로 전개해 친절하게 인사하는 나라의 대명사가 되었지요. 오아시스는 "오하요 고자이마스(안녕하세요)", "아리가토 고자이마스(감사합니다)", "시츠레이 시마스(실례합니다)", "스미마셍(미안합니다)"의 첫 글자를 모은 것입니다. 우리들은 '감사미소(감사합니다, 사랑합니다, 미안합니다, 소중합니다)', '반미고잘(반갑습니다, 미안합니다, 고맙습니다, 잘했습니다)', '고미사(고마워, 미안해, 사랑해)' 운동을 대대적으로 펼쳐보면 어떨까요?

갑이 되는 길

갑甲의 인생을 살고 싶으세요? 그렇다면 앞으로 사람을 만나거나 회의에 참석할 때 다음과 같은 세 가지 행위를 꾸준히 실천에 옮겨보세요. 첫째, 말하는 사람과 눈을 맞추고 고개를 끄덕이세요. 상대에게 '공감의 표시'로 보일 겁니다. 둘째, 말하는 사람에게 맞장구를 치거나 추임새를 넣으세요. 상대에게 '호감의 표현'으로 비칠 겁니다. 셋째, 말하는 사람 앞에서 수첩을 꺼내 메모하세요. 상대에게 '존경의 신호'로 읽힐 겁니다.

『을의 생존법』에 나오는 '상대에게 최선을 다하는 태도'를 조금 다듬어본 것입니다. 감사하는 마음으로 모든 사람을 차별 없이 갑으로 대하는 것, 바로 내가 갑이 되는 지름길이자 진정한 '갑질'입니다.

티끌 모아 태산

"오늘 나에게 주신 모든 선물에 감사합니다. 내가 보고 듣고 받은 모든 것에 감사합니다."

미셸 콰스트 신부의 기도문 「감사합니다」는 이렇게 시작합니다. 콰스트 신부의 감사 목록은 아주 사소한 것들이었죠. 이른 아침에 잠을 깨우는 길거리의 소음, 나에게 하는 아침 인사, 집에서 나를 반겨주시는 어머니, 방안을 비추는 전등, 노래를 들려주는 라디오, 내 책상 위에 놓인 꽃, 밤의 고요, 내 일, 내 노력……. 콰스트 신부는 힘주어 말했지요.

"아무리 사소한 것이라 해도 다 합하면 큰 것이 되고, 그것을 쓰기에 따라 인생은 아름답게도 되고 슬프게도 된다."

'감사 티끌 모아 행복 태산'의 의미를 깨닫는 하루가 되세요.

자신감

대학을 중퇴하고 트럭 운전사로 일하던 젊은이가 있었습니다. 영화감독을 꿈꾸던 그는 31세가 되던 해에 한 편의 시나리오를 완성해서 수많은 영화제작사의 문을 두드렸습니다. 그러나 무명에 가까운 그에게 손을 내미는 곳은 없었습니다. 결국 그의 시나리오는 한 작은 영화사에 단돈 1달러에 팔리게 되었습니다. 이때 그가 제시한 조건은 단 하나였지요.

"1달러에 팔겠소! 대신 내게 이 영화의 감독을 맡겨주시오!"

그 젊은이의 이름은 제임스 캐머런이었고, 그렇게 만들어진 영화가 바로 〈터미네이터〉였지요. 세상의 주인공이 되고 싶습니까? 그렇다면 어떤 어려운 상황에서도 자신감을 잃지 말고 꿈을 향한 도전을 멈추지 마세요.

선물

"선물은 사람이 가는 길을 넓게 열어 주고, 그를 높은 사람 앞으로 이끌어 준다."

「잠언」의 한 구절입니다(18장 16절). 진심이 담긴 선물gift은 '선물을 받는 사람'만 기쁘게 하지 않습니다. 「잠언」의 화자는 '선물을 주는 사람the giver'에게 도리어 더 많은 축복이 있을 것이라고 역설했지요. 아낌없이 주는 사람은 그의 앞길이 넓게 열리는 기적과 존귀한 자 앞으로 초대되는 기쁨을 맛보게 된다는 겁니다. 무엇보다 지금present이야말로 우리에게 주어진 최고의 선물present입니다. 행복은 멀리 떨어져 있지 않습니다. 행복의 주소지는 '지금 그리고 여기'입니다. 지금 만나는 사람에게 진심을 담아 "감사합니다"라는 선물을 건네면 어떨까요?

용서

"용서한다고 과거가 바뀌지는 않지만 미래는 바꿀 수 있다"는 격언을 들어보셨나요?

『마음 알기 다루기 나누기』의 저자인 용타 스님은 화가 치밀 때마다 자신을 진정시키는 3단계 비법을 발견했다고 합니다. '구나', '겠지', '감사'가 그것인데, 부연하면 이렇습니다. 1단계는 '그가 내게 이러는구나' 하면서 있는 그대로 바라보는 것입니다. 2단계는 '무슨 이유가 있겠지' 하며 양해하는 것입니다. 3단계는 '~하지 않는 게 감사하지' 하면서 마무리하는 것입니다. 오늘도 이용사(이해한다, 용서한다, 사랑한다)처럼 살아야겠습니다.

말 의 씨

무교동에서 200만 원으로 토스트 노점상을 창업해 3년 만에 연봉 1억 원의 노점상 신화를 창조한 김석봉 석봉토스트 사장. 그의 성공은 '3뻐 정신'에서 출발했습니다.

"나는 바뻐! 나는 기뻐! 나는 예뻐!"

그는 아침마다 거울 앞에서 이렇게 외쳤다고 합니다. 그런데 놀라운 일이 일어났지요. 바쁘다고 말하니 고객이 인산인해人山人海처럼 몰려들었고, 기쁘다고 말하니 좋은 일이 우후죽순雨後竹筍처럼 생겨났고, 예쁘다고 말하니 자신감이 역발산기개세力拔山氣蓋世처럼 솟아났던 겁니다. "감사합니다"라는 말의 씨를 뿌리며 하루를 시작하세요.

동기부여

"상사가 '하라'고 지시하고 직원이 '알겠다'고 한다면 30퍼센트 성공할 가능성이 있다. '할 수 있겠나?'라고 물었을 때 '열심히 해보겠다'고 한다면 50퍼센트의 성공률을 점칠 수 있다. 그런데 직원이 스스로 나서서 '이것은 내 일이다, 어떻게든 완수하겠다'고 한다면 성공률은 90퍼센트를 넘어선다."

이나모리 가즈오가 자신의 저서 『일심일언』에서 '자발적 동기부여'의 역동성을 강조하며 한 말입니다. 그는 직원들이 신명나게 일하도록 유도하는 멋진 리더가 되려면 一月二讀(한 달에 책 2권 읽기)과 Deep Thinking(깊이 생각하기)을 실천하라고 역설했지요. '권위'는 간직하되 '권위주의'는 과감히 벗어던지는 리더가 많으면 좋겠습니다.

바다

바다의 어원은 '받아들이다'라고 합니다. 이 세상의 모든 것을 받아들이려면 그 자신이 먼저 크고 넓은 그릇이 되어야 합니다. 도랑, 개울, 샛강, 한강보다 바다가 크고 넓은 이유는 이 세상에서 '가장 낮은 곳'에 위치해 있기 때문이지요. 사람이 교만하면 낮아지고, 겸손하면 높아지는 것이 하늘의 이치입니다. 그런 점에서 감사는 바다를 닮았습니다. 감사의 눈으로 바라보면 우리의 삶은 모든 것, 모든 순간이 선물이지요. 이제 인생의 갈림길 앞에 설 때마다 '도랑처럼 좁은 교만'이 아니라 '바다처럼 넓은 겸손'을 선택하세요. 오늘도 이 세상의 모든 것을 감사의 마음으로 온전하게 받아들이고 흘려보내는 하루가 되면 좋겠습니다.

감사 바리스타

부천시 인생이모작지원센터 바리스타 양성과정 수강
생들이 내린 감사의 정의입니다.

- 성형 감사하면 마음이 예뻐지므로(김옥자)

- 운동 하고 나면 몸이 가벼워지고 기분도 좋아지고 무엇
  보다 건강해지니까(노금숙)

- 수채화 감사로 인생의 도화지를 맑고 투명하게 채색하
  고 싶어서(김순복)

- 스마일 바이러스 감사하면 저절로 미소가 생기므로(정
  춘희)

- 마중물 사람들의 긍정적 마음을 끌어올리는 강력한 힘
  이 있죠(박호숙)

- 남편 늘 옆에서 지켜주는 동반자니까(김춘자)

- 에스프레소 커피의 진액을 뽑아내듯 마음의 진실을 뽑
  아내니까(조희순)

인생 원두를 로스팅하고 행복 향기를 블렌딩하는 감
사 바리스타의 위대한 탄생을 기원합니다.

마음공부

자기 마음을 제어하지 못하는 것은 성벽이 무너진 성읍에서 살아가는 것과 같습니다. 그래서 「잠언」의 화자도 이미 "자기의 마음을 다스리는 사람은 성을 점령한 사람보다 낫다"라고 노래했지요(「잠언」 16장 32절). 여기서 우리가 주목해야 할 것은 '제어'라는 단어입니다. 걱정, 불안, 분노, 공포 등의 부정적 마음은 '제거'가 아니라 '제어'의 대상이기 때문이지요. 자기 제어의 '성벽'은 튼튼히 쌓되 타인과 소통하는 '성문'은 활짝 열어둘 때 마음의 평화와 관계의 풍요를 동시에 얻을 수 있을 겁니다. '불꽃' 속에서 '연꽃'을 피우는 화중생련火中生蓮의 인생을 살기를 소망합니다. 마음공부는 역시 평생공부인 것 같습니다.

"천 마디 말은 모두 흘러버려도 좋으나 그중 한 가지 말만은 반드시 가슴에 새겨 달라."

실학자 우하영이 정조에게 제출한 국정개혁 보고서 『천일록千一錄』에 나오는 말입니다. 우하영은 이렇게 역설했지요.

"비옥한 땅에서도 소출이 줄고 척박한 땅에서도 소출이 느는 것을 수없이 보았다. 토양, 제도, 농기구의 개선도 필요하지만 그것보다 더 중요한 것은 농부의 정성과 마음이다."

한국학중앙연구원 이배용 원장이 들려준 천일록 이야기를 들으며 최인훈의 소설 『광장』의 한 구절을 떠올렸습니다.

"힘껏 산다. 시간의 한 점 한 점을 핏방울처럼 진하게 산다."

천일록을 쓰는 마음으로, 오늘도 힘껏 그리고 진하게 살아보면 어떨까요?

실 패 를   대 하 는   자 세

'감사교육' 도입 1년 만에 영남중학교 야구부가 서울
시 중학야구 추계리그에서 준우승을 차지했습니다.
유면옥 교장의 요청으로 격려차 방문한 김경문 NC다
이노스 감독은 선수들에게 이렇게 충고했지요.

"운동장에 나가면 늘 웃고 크게 소리를 지르세요. 그
러면 오늘 실패해도 빨리 회복해 내일 실력을 발휘할
수 있습니다."

월드시리즈에서 '밤비노의 저주'와 '염소의 저주'를
잇따라 풀어낸 테오 엡스타인 시카고 컵스 단장의 선
수 스카우트 철학도 비슷했지요.

"나는 선수들의 실패를 대하는 자세를 유심히 봅니다.
야구는 실패를 통해 완성되기 때문입니다."

패배자는 '패배한 사람'이 아니라 '실패를 선택한 사
람'이라는 사실을 잊지 마세요.

재 난

1995년 1월 17일 오전 5시 46분. 일본 고베에서 진도 7의 지진이 발생했습니다. 사망 6,434명, 부상 4만 3,792명. 참혹한 결과에 일본 열도는 경악했지요.

2013년 4월 13일 오전 5시 33분. 똑같은 지역에서 비슷한 진도의 지진이 발생했습니다. 부상 24명이 피해 결과의 전부였고, 그래서 큰 뉴스가 되지도 않았지요.

18년 동안 무슨 일이 있었던 것일까요? 일본 정부가 6개 분야 54개 주제로 나누어 철저히 검증하고, 그것을 토대로 459개 항목에 이르는 완벽한 대응책을 마련한 결과였지요.

'사고思考 없는 사람'과 '인재人才 없는 조직'은 사고事故와 인재人災를 반복합니다. 인생 속의 재난, 철저한 준비와 계획과 의논으로 이겨낼 일입니다.

천적

천적天敵은 잡아먹는 동물을 잡아먹히는 동물에 상대하여 이르는 말입니다. 개구리에 대한 뱀, 쥐에 대한 고양이, 진딧물에 대한 무당벌레 따위가 대표적인 사례이지요. 그런데 우리는 누군가의 천적이 되기도 하지만 또 다른 누군가가 우리의 천적이 되기도 합니다. '프레너미Frienemy'는 친구를 뜻하는 프렌드friend와 적敵을 의미하는 에너미enemy를 결합해 만든 단어입니다. 한쪽에서는 서로 협력하고 다른 쪽에서는 서로 경쟁하는 관계를 뜻하지요. '천적'의 앞 글자에서 한 획만 떼어 뒤 글자로 옮기면 '친척'이 됩니다. 이 세상의 모든 존재, 나의 천적마저 감사의 목록에 올리며 살아갈 수 있으면 좋겠습니다.

행복 인생 십계명

행복한 인생을 원한다면 84세 현역 강사 김인자 한국 심리상담연구소장이 제안한 '행복한 삶을 위한 열 가지 방법'을 실천해 보세요.

① 과식, 결식하지 마라.

② 남을 미워하거나 화내지 마라.

③ 매일 일어나서 거울을 보고 세 번 밝게 웃어라.

④ 이웃뿐 아니라 누구든 만나는 이들에게 먼저 인사하라.

⑤ 무엇이든 긍정적인 면을 먼저 보라.

⑥ 원하는 대로 안 되었을 때 '때문에'를 '덕분에'로 뒤집어 생각하라.

⑦ 작은 것 세 가지에 감사하고 잠들어라.

⑧ "미안해"를 하루에 세 번 말하라.

⑨ 꽃이나 나무에게도 "사랑한다"라고 말하라.

⑩ 15~30분씩 운동하라.

여기에 하나만 덧붙이고 싶습니다.

"성공은 양보해도 행복은 양보하지 마라."

중용

"현란한 색깔은 사람의 눈을 멀게 하고, 현란한 소리는 사람의 귀를 멀게 하고, 현란한 맛은 사람의 몸을 해친다. 그러므로 성인은 중용을 취할 뿐 결코 화려함을 취하지 않는다."

『노자』 12장에 나오는 말입니다. 그렇다면 어떻게 해야 할까요? 여배우 오드리 헵번이 죽기 한 해 전에 아들에게 읽어주었다는 샘 레븐슨의 시구가 그 대안의 단서가 될 듯합니다.

"매력적인 입술을 갖고 싶다면 친절한 말을 하세요. 사랑스런 눈을 갖고 싶다면 다른 사람의 좋은 점을 발견하세요. 날씬한 몸매를 원하거든 굶주린 사람들과 음식을 나누세요."

유혹과 고통의 화염마저 감사와 행복의 불씨로 삼을 지혜를 얻으면 좋겠습니다.

시 각

사회와 역사의 흐름을 살펴보면 중심은 변화를 거부하고 주변을 동화시키려는 경향을 보였습니다. 중심이 아니라 주로 변방에서 변화의 흐름이 시작된 이유가 바로 여기에 있겠지요. 어떤 시각을 갖느냐에 따라서 시야도 바뀝니다. 분단 체제에서 경기도와 강원도 북부는 '변경'이지만 통일이 되면 '중앙'으로 돌변합니다. 한반도에서 충청도와 전라도 해안은 '주변부'이지만 동아시아로 시야를 확대하면 환황해권의 '여의주'가 됩니다. 부산역은 경부선의 '종착역'에 불과하지만 한반도종단철도TKR와 시베리아횡단철도TSR가 하나로 연결되는 순간 유라시아를 연결하는 '시발역'이 됩니다. 우리가 바라보아야 할 곳은 어디일까요?

이타적 유전자

꿀벌 중에서 일벌은 자기 새끼를 직접 낳아 기르지 않는 대신 여왕벌이 낳은 새끼를 정성껏 돌봅니다. 파수꾼 역할을 맡은 몽구스는 동료들이 마음 놓고 식량을 찾는 일에 전념할 수 있도록 배려하다가 정작 자신은 굶주리지요. 심지어 몽구스의 67퍼센트가 망보는 일을 하다가 죽는다고 합니다. 땅다람쥐는 천적을 발견하면 자신이 잡아먹히는 것을 감수하고서라도 소리를 크게 질러 무리를 대피시키고요.

옥스퍼드대학교의 진화학자인 리처드 도킨스 교수는 "모든 유전자는 자기를 희생해서라도 자손을 남기려는 이타적인 행동을 한다"고 주장합니다. 나도 누군가에게 필요할 때 의지가 되는 '이타적 유전자'의 소유자가 되기를 소망합니다.

전화위복

레쉬-니한 증후군을 아십니까? 신체에 자극이 와도 고통을 느끼지 못하는 질환입니다. 아픔을 느끼지 못하니 손끝을 자꾸 물어뜯다가 손마디가 뭉개지고, 치아로 자기 입술을 물었다가 일부분이 잘리기도 하지요. 고통과 통증은 오히려 우리를 위험에서 지켜줍니다. 그래서 통증에 대한 자각이 없다는 것은 축복이 아니라 재앙입니다.

연세대학교 철학과 김형철 교수의 저서 『철학의 힘』에 나오는 이 이야기에서 우리가 얻을 교훈은 무엇일까요? 아무리 몸이 아프고 속상해도 재앙을 축복으로 바꾸는 전화위복轉禍爲福의 태도가 중요합니다. 피할 수 없는 고통이라면, 차라리 그것을 새로운 도약과 비상의 기회로 만드세요.

접목

"고욤 일흔이 감 하나만 못하다"는 속담이 있습니다. 자질구레한 것들을 아무리 많이 모아본다 해도 귀한 물건 하나를 못 당한다는 뜻이지요. 고욤 같은 하찮은 생애를 끝내고 새로운 생애를 시작하고 싶다면 어떻게 해야 할까요? 우선 고욤나무에 상처를 내세요. 그런 다음 그 상처에 감나무 가지를 붙이고 꽁꽁 묶어둡니다. 그러면 가을에 '고욤'나무에서 감敢히 '감'이 열립니다.

타인의 지식과 지혜를 감사한 마음으로 접목梫木하고 이식移植할 때 나는 성장할 수 있습니다. 하지만 여기에는 분명한 전제가 있지요. 고욤 같은 좁은 도량, 아집, 편견을 버리는 것입니다. '상처 없는 성장', '혁신 없는 발전'은 없습니다.

육군대학 지휘관리과정을 수강하는 신임 대대장들과
함께 감사의 정의를 내려 봤습니다.

- **군인** 개인, 가정, 일터, 사회, 국가를 든든하게 지켜주니
  까(류광호)
- **방탄복** 시기, 질투, 갈등, 분열의 총탄으로부터 우리를
  지켜주므로(유희승)
- **교육훈련** 훈련을 열심히 하면 할수록 전투를 잘하고, 감
  사를 열심히 하면 할수록 인생을 잘 사니까(조동형)
- **전투복** 군인이라면 아무리 귀찮아도 매일 전투복을 입
  어야 하듯이 감사도 그렇게 꾸준히 실천해야 하므로(김
  진년)
- **휴가** 하기 전에 설레고, 하는 중에 기쁘고, 하고 나면 다
  음이 기대되기 때문(남관우)

감사나눔을 통하여 직업vocation을 휴가vacation처럼 즐
길 수 있으면 좋겠습니다.

배움과 도전

인상파 화가 클로드 모네는 수련을 그리기 시작했을 때 76세였고, 미국 100달러 지폐 인물 벤저민 프랭클린은 2초점 안경을 발명했을 때 78세였고, 알리바바 회장 마윈이 상상력의 원천으로 꼽았던 무협소설 작가 진융金庸은 81세에 역사학을 공부하기 위해 영국으로 유학을 떠났습니다. 백발의 노인이 되어서도 시를 쓰고 후학을 가르치며 청년처럼 살았던 시인 롱펠로는 '젊게 사는 비결'을 묻는 질문에 이렇게 답했지요.

"나는 나이를 떠올리는 대신 매일매일 내가 조금씩 성장하고 있음을 자주 생각한다."

지혜를 얻기 위한 배움, 의미 있는 인생을 살기 위한 도전을 멈추지 않는 한 우리도 계속 성장할 수 있지 않을까요?

친구

"그들은 짓궂은 장난을 하며 놀기도 했지만, 또 전혀 놀지 않고도 전혀 말하지 않고도 같이 있을 수 있었다. 왜냐하면 함께 있으면서 전혀 지루한 줄 몰랐기 때문이다. 그들은 정말로 좋은 친구였다."

프랑스 작가 장 자끄 상뻬가 쓰고 그린 동화 『얼굴 빨개지는 아이』의 한 대목입니다. 대화는 '입'으로만 하는 것이 아닙니다. 때로는 '귀'의 역할이 더 클 수도 있지요. 여러분은 이런 표현을 들어보신 적이 있습니까? 말하는 것은 '기술'이고 듣는 것은 '예술'이라고. 사람들은 '눈'으로 말할 때도 있지요. 서로 눈빛만 나누고도 마음이 통하는 사람들이 있습니다. 입만이 아니라 귀와 눈까지 동원할 때 우리는 '정말로 좋은 친구'가 될 수 있지요.

'나'와 '우리'

"나에게는 이 우리에 속하지 않은 다른 양들이 있다. 나는 그 양들도 이끌어 와야 한다. 그들도 내 목소리를 들을 것이며, 한 목자 아래에서 한 무리 양떼가 될 것이다."(「요한복음」10장 16절)

예수는 우리 '안'에서 평안하게 지내는 양뿐만 아니라 우리 '밖'에서 길 잃은 채 방황하는 양까지 소중히 여겼기에 인류를 구원으로 인도한 '선한 목자'가 될 수 있었습니다. 인간人間이 어울려 살아가는 사회에는 운명적으로 '사이間'가 존재할 수밖에 없습니다. 다만 각자의 '차이'는 인정하되 '차별'은 거부하는 자세로 살아갈 때 인간은 '나쁜 사이'를 이겨내고 '좋은 사이'를 유지할 수 있습니다. 배타排他와 제노포비아Xenophobia (이방인 혐오)를 극복한 관용寬容과 톨레랑스tolerance, '나ME'를 넘어 '우리WE'로 가는 첩경입니다.

슈바이처의 후회

"어린 시절을 돌아보면 아주 많은 사람이 나를 도와주었다는 사실을 깨닫게 됩니다. 그런데 나를 도와준 사람들에게 감사를 표현하기도 전에 그들 대부분이 세상을 떠난 것을 생각하면 마음이 아픕니다."

아프리카의 성자로 불리는 슈바이처 박사가 했던 고백입니다. 슈바이처는 내성적인 성격 탓에 제대로 감사의 마음을 표현하지 못했던 것을 후회하기도 했습니다.

"감사란 잠시도 주저하거나 미루어선 안 되고 그때 바로 표현해야 합니다. 그러지 않으면 나중에 반드시 후회할 겁니다."

버스가 떠난 뒤에 손을 흔들어도 아무런 소용이 없습니다. '유보 없는 감사 표현'으로 '후회 없는 행복 인생'을 살아갈 수 있으면 참 좋겠습니다.

자원병

나에게 주어진 삶을 행인行人으로 살 것인가, 주인主人
으로 살 것인가?

짐 머피와 그의 친구는 같은 해에 철도공사에 취직했
습니다. 입사 초기 두 사람은 1달러 75센트를 받으며
힘들게 일했습니다. 그런데 23년 후에 머피는 미국의
철도공사 총재가 되었지만, 친구는 여전히 현장에서
감독으로 일하고 있었습니다. 두 사람의 운명이 엇갈
린 이유는 과연 무엇이었을까요? 나중에 머피의 친구
가 그 이유가 궁금해 물어온 후배에게 이렇게 고백했
습니다.

"신입사원 시절에 나는 '1달러 75센트'를 벌기 위해
일했지. 하지만 짐 머피는 '철도'를 위해 일했다네."

감사운동의 '징집병'이 아니라 '자원병'이 되어야겠습
니다.

행복의 비밀

『행복은 전염된다』의 저자인 사회학자 니컬러스 크리스태키스와 정치학자 제임스 파울러는 1971년부터 33년 동안 총 1만 2,067명을 추적해 행복의 생성과 확산에 대해 연구했습니다. 그들의 연구 결과에 따르면, 친구가 행복할 경우 본인이 행복할 확률은 15퍼센트 상승했습니다. 나아가 친구의 친구가 행복할 경우에도 10퍼센트, 친구의 친구의 친구가 행복할 경우에도 6퍼센트나 상승했다고 합니다.

진심으로 행복하게 살기를 원하나요? 그렇다면 무엇보다 먼저 친구를 행복하게 만드세요. 친구를 행복하게 만들면 그것이 부메랑이 되어 모두 나에게 돌아올 테니까요.

완 벽

"살아가는 동안 완벽은 늘 나를 피해가겠지만 그럼에
도 나는 늘 완벽을 추구하리라"

● 피터 드러커

어느 날 한 젊은 화가가 화단의 거장 뵈클린을 찾아왔
습니다.

"어떻게 해야 선생님처럼 성공할 수 있습니까? 저는
그림을 2~3일에 한 점 정도 그리는데, 팔 때까지는
2~3년이나 걸립니다."

뵈클린은 그 화가의 어깨를 가볍게 두드리며 충고했
습니다.

"그림 한 점을 그리는데 2~3년을 투자해보게. 그러면
2~3일 만에 팔릴 걸세."

이 세상에 '완벽한 사람'은 없지만 '완벽을 추구하는
사람'은 될 수 있습니다. 모든 사람이 자신의 분야에서
'1인자'일 수는 없지만 '1인자가 되려고 노력하는 사
람'은 될 수 있습니다.

사람들은 많은 재산을 소유하게 되면Having, 하고 싶은 일을 실컷 할 수 있고Doing, 인간다운 삶도 영위할 수 있을 것Being이라고 생각합니다. 하지만 그것은 오류이자 착각이라고 현자들은 말합니다.

"손 안에 얼마나 많은 것을 쥐고 있는가는 그대의 행복과 아무런 관계가 없다. 마음속에 감사가 없다면 그대는 파멸의 노를 젓고 있는 것이다. 다른 공부보다 먼저 감사하는 방법부터 배워라."

심리학자 제임스 깁슨이 한 말입니다. 깁슨은 이런 말도 덧붙였지요.

"감사의 기술을 배울 때 비로소 그대는 행복해진다."

오늘부터 인생의 우선순위를 Having, Doing, Being에서 Being, Doing, Having으로 바꾸어보면 어떨까요?

동문이답

공자가 조카 공멸에게 물었습니다.

"벼슬해서 얻은 것과 잃은 것이 무엇이냐?"

공멸은 "얻은 것은 없고 잃은 것만 세 가지가 있다"고 답했습니다.

"일이 많아 공부를 하지 못했고, 녹봉이 적어 친척을 돌보지 못했고, 공무가 다급해 벗들과 관계가 멀어졌습니다."

공자가 제자 복자천에게 똑같은 질문을 던졌습니다.

복자천은 "잃은 것은 없고 얻은 것만 세 가지가 있다"고 답했습니다.

"배운 것을 날마다 실천해 학문이 늘었고, 녹봉은 적지만 이를 아껴 친척을 도왔기에 더욱 친근해졌고, 공무가 다급하지만 틈을 내어 우정을 나누니 벗들과 더욱 가까워졌습니다."

불행한 사람은 '잃은 것'을 세고, 행복한 사람은 '얻은 것'을 셉니다.

행복해서 건강

한 수녀원에서 1930년 수녀 678명이 쓴 짧은 글이 발견되었습니다. 1993년 미국 켄터키대학교 심리학과 데버라 대너 박사의 팀은 글에 담긴 행복도에 따라 수녀들을 네 그룹으로 분류하고 수명과의 상관성을 조사했지요. 그런데 조사 결과 행복도가 가장 강한 A그룹이 가장 약한 D그룹보다 평균 8년을 더 살았던 것으로 드러났습니다. 93세까지 장수한 비율을 따져보니 A그룹은 50퍼센트를 넘었지만 D그룹은 15퍼센트에 불과했습니다. 이 연구 결과는 2001년 『타임』지에 소개되어 세상을 떠들썩하게 만들었지요. 건강해서 행복한 것이 아니라 행복해서 건강한 것입니다. 건강하게 장수하고 싶다면 행복이 넘치는 감사일기를 써보세요.

성공의 이유

일본 경제의 신화적 인물 마쓰시타 고노스케는 자신
이 성공할 수 있었던 이유로 세 가지를 꼽았습니다. 첫
째, 그의 집은 몹시 가난했습니다. 덕분에 그는 어릴
적부터 구두닦이, 신문팔이 등으로 고생하면서 세상
을 살아가는데 소중한 경험을 할 수 있었지요. 둘째,
그는 태어났을 때부터 허약해서 성장하면서 항상 운
동에 힘썼습니다. 덕분에 늙어서도 건강하게 지낼 수
있었지요. 셋째, 그는 초등학교도 다니지 못했습니다.
덕분에 세상의 모든 사람을 자신의 스승으로 모시고
열심히 배우고 또 배웠지요.
감사는 '약점'을 '강점'으로, '때문에'를 '덕분에'로 뒤
집는 힘입니다.

육군대학 지휘관리과정 신임 대대장들이 내린 감사의
정의 중 몇 가지를 더 소개합니다.

- **백과사전** 모든 문제를 해결해주므로(전계찬)

- **사이다** 답답한 가슴을 확 뚫어주니까(이영웅)

- **만능키** 닫힌 마음을 열 수 있으므로(김진평)

- **고수익 펀드** 투자금 전무에 수익률은 무한대. 이렇게 수지맞는 장사가 없기에(이승민)

- **도깨비 방망이** 범사에 감사하면 원하는 것이 이루어지니까(최민식)

- **담쟁이** 기댈 공간만 있으면 알아서 무럭무럭 자라므로(류창우)

- **품앗이** 내가 실천한 감사는 언젠가 곱절로 돌아오므로(김진수)

- **축제** 더 많은 사람이 참여해 함께할수록 더 즐거우니까(박성일)

'숙제 인생'이 '축제 인생'으로 바뀌기를 소망합니다.

리 더

철새 무리가 수천 킬로미터를 이동할 때 맨 앞에서 나는 새가 있습니다. 그 새는 온갖 위험이 도사리고 있는 낯선 곳에 도착하면 가장 먼저 지상으로 하강하지요. 장시간 비행으로 굶주린 무리가 머리를 처박고 먹이를 먹을 때도 꼿꼿이 고개를 들고 경계를 섭니다. 만약에 있을지도 모를 천적의 공격에 대비하기 위해서지요.

과거 역사를 보면 성군도 있었고, 폭군도 있었습니다. 성군과 폭군의 차이는 과연 무엇일까요? 백성을 천天으로 섬겨 '인재를 모이게 한' 세종은 성군, 백성을 천賤하게 여겨 '인재를 숨게 한' 연산군은 폭군으로 평가받았지요. 선공후사先公後私와 천민天民의 마인드로 무장한 리더가 그리운 시절입니다.

"때로는 스무 살 청년보다 예순 살 노인이 더 청춘일 수 있네 / 누구나 세월만으로 늙어가지 않고 / 이상을 잃어버릴 때 늙어가나니."

유대교 랍비이자 시인이었던 사무엘 울만의 시 「청춘」의 한 대목입니다. 그는 젊음과 늙음을 가르는 기준은 '나이'가 아니라 '마음'이라고 노래했지요. 이상을 잃어 정신이 냉소의 눈에 덮이고 비탄의 얼음에 갇히면 비록 나이는 스무 살이라도 늙은이에 불과하다고 일갈한 겁니다. 과거보다 미래를 자주 말하는 입, 부지런히 놀리는 손과 발, 궁금한 것은 아이처럼 참지 못하는 왕성한 탐구심이 있다면 당신은 여전히 청춘입니다. 오래된 인생이라는 깊은 샘에서 솟아나는 신선함으로 영원한 청춘을 맛보세요.

메아리

"함정을 파는 사람은 자기가 그 속에 빠지고, 돌을 굴
리는 사람은 자기가 그 밑에 깔린다."

●「잠언」26장 27절

동생과 싸우다 엄마에게 야단을 맞은 소년이 뒷산에
올라가 외쳤습니다.

"나는 너를 미워해!"

그러자 앞산에서 메아리가 들려왔지요.

"나는 너를 미워해!"

마음을 고쳐먹은 아이는 이렇게 외쳤습니다.

"나는 너를 사랑해!"

그러자 앞산에서 메아리가 들려왔지요.

"나는 너를 사랑해!"

인생은 메아리의 특성을 닮았습니다. 감사를 말하면
감사할 일이 생기고, 불평을 말하면 불평할 일이 생깁
니다. 시기의 함정을 파고 질투의 돌을 굴리는 자가 아
니라 감사와 사랑의 다리를 놓는 자가 되고 싶습니다.

따뜻해지고 싶다면 먼저 체온을 나누세요.

정상 체온인 섭씨 36.5도에서 1도만 떨어져도 인간 신체의 면역력은 30퍼센트, 신진대사는 12퍼센트 감소합니다. 나아가 34도에서는 말이 꼬이고, 33도에서는 근육이 굳고, 31도에는 의식이 흐려지고, 29도에는 맥박이 느려지며, 마침내 28도에서 심장이 멈춘다고 합니다. 반면에 체온 1도를 올리면 면역력이 5배 높아진다고 일본 의사 이시하라 유미 박사는 주장했지요.

겨울에 체온을 올리거나 유지하는 방법으로는 숙면, 운동, 반신욕, 온수 마시기 등이 적당합니다. (주)아이지스 직원 이경선 씨는 감사는 '난로'라고 정의합니다. "난로는 언 몸을, 감사는 멍든 맘을 녹여주니까" 그렇다는군요. 우리도 감사 난로에 불을 지펴 마음 면역력을 높이면 어떨까요?

걱정 씻기

어느 시골 마을에 두 아들을 둔 노파가 살았습니다. 큰아들은 우산 장수, 작은아들은 짚신 장수였지요. 노파의 얼굴은 매일 걱정과 근심으로 울상이었습니다. 비가 오는 날이면 짚신 장사를 하는 작은아들을 걱정했고, 해가 쨍쨍 내리쬐는 날이면 우산 장사를 하는 큰아들을 걱정했지요.

"걱정의 96퍼센트는 쓸데없는 걱정에 불과하다. 나머지 4퍼센트도 우리가 해결할 수 없는 것에 대한 걱정이다."

미국 심리학자 젤린스키가 발표한 연구 결과입니다. "걱정을 해서 걱정이 없어지면 걱정이 없겠네"라는 티베트 속담처럼, 걱정으로 해결할 수 있는 것은 없다는 말이지요. 손 씻기로 몸의 질병을 예방하듯 걱정 씻기로 마음의 질병을 예방하세요.

아픔과 슬픔

'아픔'을 한자로 쓰면 '통痛'이 됩니다. 아픔의 원인은 불통不通, 즉 소통하지 못하는 것과 무관하지 않습니다. 그래서 생겨난 말이 통즉불통 불통즉통通卽不痛 不通卽痛인데, '통하면 아프지 않고 통하지 않으면 아프다'는 뜻입니다.

'슬픔'을 한자로 쓰면 '애哀'가 됩니다. 입 구口와 옷 의衣로 이루어진 이 단어를 누군가는 '옷에 얼굴을 파묻고 소리 내어 우는 모습'으로 해석했지요.

아픔과 슬픔은 공교롭게도 '픔'이라는 같은 글자로 끝나더군요. 아픔과 슬픔이란 두 '픔'에게 지금 가장 필요한 것은 공감과 위로, 즉 소통의 '품'입니다. 아픔과 슬픔 때문에 어깨를 떨며 울고 있나요? 따뜻한 품으로 우리 서로를 안아주면 어떨까요?

진실 백지

무감독 시험으로 유명한 한동대학교 졸업생의 체험담입니다. 입사 직후 부서 배치 시험이 있던 날, 이 졸업생은 문제가 너무 어려워 절망에 빠졌지요. 바로 그때 감독관이 자리를 비웠고, 시험장이 어수선해지며 쪽지가 나돌기 시작했습니다. 그의 손에도 쪽지가 전달되었지만, 그는 그냥 백지를 내고서 나왔지요. 무감독 시험을 통해 배웠던 정직과 성실의 원칙을 지켜야 했거든요. 그런데 그는 신입사원이 가장 선망하던 부서에 배치되었습니다. 나중에 담당 과장의 설명을 듣고서야 비밀이 풀렸지요.

"처음부터 그 문제에는 정답이 없었다네."

'거짓 정답' 대신 '진실 백지'를 제출하는 21세기 정약용(정직, 약속, 용기)이 많으면 좋겠습니다.

자유

아기 코끼리가 말썽을 피우자 주인이 밧줄로 나무 말뚝에 묶어버렸습니다. 아직 어려서 코끼리는 말뚝에서 벗어날 수 없었고, 밧줄 길이가 허락하는 범위 내에서만 놀았지요. 그랬던 아기 코끼리가 자라서 거대한 어른 코끼리가 되었습니다. 하지만 이제는 무거운 수레도 쉽게 끌 정도로 힘이 세졌는데, 어찌 된 일인지 나무 말뚝에만 묶어놓으면 얌전하게 자리를 지켰지요.

"나는 아무것도 바라지 않는다. 나는 아무것도 두려워하지 않는다. 나는 자유이므로……."

『그리스인 조르바』의 작가 니코스 카잔차키스의 묘비명입니다. 숙명의 말뚝에 발목 잡힌 안주의 인생이 아니라 미래가 불안해도 운명을 개척하는 자유의 인생을 살기를 소망합니다.

빈 의자

"우리 식탁에 여분의 자리를 남겨둡시다. 생필품이 부족한 사람들, 외로운 사람들을 위한 자리를 말입니다."

'빈자의 대변인' 프란치스코 교황의 말입니다.

"밥을 먹을 때도, 대화를 나눌 때도 예수님이 바로 우리 옆에 앉아있다고 생각합시다."

'하느님의 몽당연필'을 자처한, 그래서 하느님이 자신을 이용해 아름다운 세상을 그려낼 수 있기를 소망한 테레사 수녀가 남긴 말입니다.

"회의실에 놓인 저 빈 의자는 고객의 자리입니다. 지금 고객이 우리를 지켜보고 있다는 마음으로 회의에 임합시다."

글로벌 기업 아마존의 CEO 제프 베저스가 던진 말입니다. 내 옆에는 지금 어떤 빈 의자가 놓였는지 돌아봅시다.

악마와 천사

'그들은 왜 악마가 되었을까?'

범죄심리학자 이수정 교수가 범죄자 면담을 시작할 무렵 가슴에 품었던 질문입니다. 그런데 10년 이상 교도소를 찾아다니다 이 질문이 잘못되었다는 사실을 깨달았지요. 만나보니 범죄자도 일반인과 크게 다르지 않았던 겁니다. 범죄자와 일반인의 차이점은? 이 교수는 '순간적 자제력'이라고 말합니다. 자존감에 상처받고 욱하는 순간, 누구나 범죄자가 될 수 있습니다. 그래서 자존감과 자제력을 동시에 길러주는 감사가 해법이 될 수 있다고 봅니다. 실제로 감사 실천 이후 욱하던 성격이 바뀌었다고 고백한 사람이 많았지요. 학자들이 이런 질문을 던지는 세상을 꿈꾸어봅니다. '그들은 왜 천사가 되었을까?'

표 준

750분, 2,000달러, 6,870대. 헨리 포드가 1903년 자동차 회사를 설립할 당시 T모델 자동차 한 대 조립에 소요된 시간, 대당 가격, 연평균 생산대수입니다. 그런데 부품과 공정의 표준화를 도입하자 그 수치가 90분, 850달러, 200만 대로 바뀌었지요.

능률과 효율의 향상을 지향하는 표준Standard은 "굳건히 서라Stand Hard"는 군대 구호에서 유래했다고 합니다. 전시에 지휘관이 기마병을 모아놓고 명령을 하달하며 던졌던 구호인데, 표준이 중심을 잡지 못하고 흔들리면 절대 안 되는 이유가 여기 있지요. 삶의 방향을 잃어 포기하고 싶을 때, 감사와 긍정이라는 삶의 표준을 다시 굳게 세워보면 어떨까요?

"모태에서 빈 손으로 태어났으니, 죽을 때에도 빈 손
으로 돌아갈 것입니다."

한꺼번에 모든 것을 잃은 욥의 기도입니다(「욥기」 1장
21절). 김강식 산돌교회 목사는 욥이 자신의 마음을 제
로(0)로 낮추었기에 감사하지 못할 것이 아무것도 없
다고 해석했지요. 감사는 무無에서, 낮은 곳에서, 드리
는 것에서 시작합니다. 무에서 출발하면 세상의 모든
것이 감사의 대상이 됩니다. 가장 낮은 곳은 모든 것을
받아들이는 바다가 되고, 드림은 곧 드림dream이 되고
요. 옷 한 벌, 밥 한 끼, 숨 쉬는 공기, 따스한 햇볕. 이
모든 것이 감사의 대상이 되면 좋겠습니다.

칭찬

미국의 가장 힘든 시대를 이끌던 대통령 링컨이 좌절의 수렁에 빠졌을 때마다, 그를 다시 일으켜 세운 것은 한마디 칭찬이었습니다. 변화를 두려워하던 사람들의 비난과 협박에 시달리던 링컨이 암살당했을 때, 그의 양복 주머니에서 낡은 신문 조각이 발견되었습니다. 오랫동안 가지고 다녀서 너덜너덜해진 신문에는 이런 문구가 인쇄되어 있었지요.

"링컨은 모든 시대의 가장 위대한 정치인 중 한 사람이다."

위인偉人 링컨조차 자신을 칭찬한 신문 기사를 보면서 고난의 시간을 견뎌냈던 것입니다. 오늘 가족, 동료, 고객에게 칭찬, 격려, 감사를 담은 쪽지를 전해보는 것은 어떨까요?

공감대

"이른 아침에 큰소리로 이웃에게 축복의 인사를 하면,
그것을 오히려 저주로 여길 것이다."
「잠언」 27장 14절입니다. 타인이 공감하지 않으면
'축복'도 '저주'가 된다니, 아침마다 30초 감사로 인사
해온 저에게는 가슴이 뜨끔해지는 구절이네요. 플라
톤이 제시했다는 '행복의 다섯 가지 조건'은 그래서
더 시사적입니다.

① 먹고 살 만한 수준에서 조금 부족한 듯한 재산
② 모든 사람이 칭찬하기에 약간 부족한 용모
③ 자부심은 높지만 사람들이 절반만 알아주는 명예
④ 한 사람에게 이기고 두 사람에게 질 정도의 체력
⑤ 청중의 절반은 손뼉을 치지 않는 연설 솜씨

타인과 공감하며 자신의 행복권을 추구할 때 '저주'가
아닌 '축복'이 넘치는 세상을 만들 수 있겠죠?

고 마 워

소나무가 진달래에게 말했습니다.

"너는 가을이 되면 가지만 앙상하게 남아 볼품없어."

진달래가 콧방귀를 뀌며 말했습니다.

"네가 봄에 피우는 꽃은 아무리 눈을 씻고 찾아도 보이질 않아."

기분이 나빠진 소나무는 이런저런 생각에 잠도 제대로 자지 못했습니다. 이튿날, 생각을 바꾼 소나무가 진달래에게 말했습니다.

"네가 봄에 피우는 연분홍 꽃은 참 아름다워."

진달래가 환하게 웃으며 말했습니다.

"아름답긴 뭘. 눈서리에도 지지 않는 너의 그 푸른 잎이야말로 정말로 믿음직하지."

정진권의 수필 「한생각 바꿨더니」를 조금 바꾸어보았습니다. 가는 말이 고와야 오는 말이 고운 법. "고마워"라는 인사말로 하루를 활짝 열어봅니다.

자존감

"국어를 잘하면 뭐해. 달리기는 못하는 걸!"

자존감 낮은 아이의 말투입니다. 하지만 자존감 높은 아이는 이런 식으로 말하지요.

"국어는 못해도 달리기는 자신 있어!"

유럽의 지성 자크 아탈리는 자존감의 필요성을 이렇게 역설했지요.

"자존감이 있으면 내면의 힘을 발견할 수 있고, 통찰력과 내면을 성찰하는 능력, 공명정대함과 용기가 생긴다. 극단적인 낙관주의나 비관주의 없이 불확실한 인생을 있는 그대로 직면할 수 있다."

자존감은 '이 세상에 하나뿐인 나 자신을 소중히 여기는 마음'입니다. 에라스무스도 "자신을 사랑하지 않는 사람은 다른 사람도 사랑할 수 없다"고 갈파했지요.

오늘은 '나에 대한 감사'를 적어보면 어떨까요?

"어둠이 깃든 대숲에/홀로 앉아서∥거문고 줄 튕기며/
휘파람 부네∥이 숲의 주민들은/알지 못하리∥밝은
달이 찾아와서/비춰주고 있음을."

당나라 시인 왕유王維의 시구처럼, 천하天下에 살면서도
천상天上을 노래하면 어떨까요? 시에도 그림에도 능했
던 왕유를 두고 소동파는 "시 속에 그림이 있고, 그림
속에 시가 있다詩中有畫 畫中有詩"고 칭송했지요.

"오늘도 거뜬하게 잠자리에서 일어날 수 있어서 감사
합니다. 유난히 눈부시고 파란 하늘을 주서서 감사합
니다."

오프라 윈프리의 감사일기 한 대목처럼, '당연한 것'
도 '감사한 것'으로 여기면 어떨까요?

일상과 감사가 조화롭게 합일合一되는 행복 인생을 꿈
꾸어봅니다.

'감사 스토리텔러' 정지환은 1965년 경기도 여주에서 태어났다. 서울시립대학교 영문학과와 동 대학원 국문학과 석사 과정을 졸업하고 1993년부터 월간 『말』, 『오마이뉴스』, 『시민의신문』, 『여의도통신』 등에서 기자로 활동하며 우리 사회에 숱한 화제를 불러일으키는 논쟁적 기사를 남겼다. 저널리스트로서 누구보다 열정적이었던 그가 감사에 주목한 계기는 사회적 좌절 때문이었다. 아이러니하게도 좌절은 감사라는 새로운 희망에 눈뜨게 해주었다. 그는 스스로 감사를 실천하기로 마음먹고 지난 8년 동안 감사일기와 함께 감사 스토리를 써왔으며, 새벽마다 아들에게 「잠언」 읽어주기를 실천했다.

감사하는 삶을 통해 공동체가 행복할 수 있고 그것이 진정한 사회 개혁이라고 말하는 그는 『감사나눔신문』 편집국장, 감사나눔연구소 소장을 거쳐 현재 사단법인 행복나눔125 홍보실장으로 일하면서 경희대학교 후마니타스 칼리지 객원교수, 한국전력공사 인재개발원 사외강사, 인간개발연구원 편집위원으로도 활약하고 있다. 최근에는 '30초 감사'를 매일 SNS로 세상에 배달하고 『국방일보』에도 연재하고 있다. 또한 감사 관련 원고를 각종 매체에 기고하면서 기업, 학교, 군, 지자체 등에 감사경영 강의와 컨설팅도 하고 있다. 저서로는 『30초 감사』, 『잠언力』, 『내 인생을 바꾸는 감사 레시피』, 『대한민국 다큐멘터리』, 『정지환의 인물 파일』(전2권), 『대한민국 파워엘리트 101인이 들려주는 성공비결 101가지』(공저), 『기자가 말하는 기자』(공저) 등이 있다.

감사 365

ⓒ 정지환, 2017

초판 1쇄 2017년 1월 13일 찍음
초판 1쇄 2017년 1월 20일 펴냄

지은이 | 정지환
펴낸이 | 이태준
기획·편집 | 박상문, 박효주, 김예진, 김환표
디자인 | 최진영, 최원영
마케팅 | 박상철
인쇄·제본 | 대정인쇄공사

펴낸곳 | 북카라반
출판등록 | 제17-332호 2002년 10월 18일

주소 | (04037) 서울시 마포구 서교동 392-4 삼양E&R빌딩 2층
전화 | 02-325-6364
팩스 | 02-474-1413
www.inmul.co.kr | cntbooks@gmail.com

ISBN 979-11-6005-012-7 03810

값 14,000원

이 도서의 국립중앙도서관 출판예정도서목록(CIP)은 서지정보유통지원시스템 홈페이지(http://seoji.nl.go.kr)와 국가자료공동목록시스템(http://www.nl.go.kr/kolisnet)에서 이용하실 수 있습니다. (CIP제어번호: CIP2017000570)